中公文庫

新装版

切支丹の里

遠藤周作

中央公論新社

目次

新装版　切支丹の里

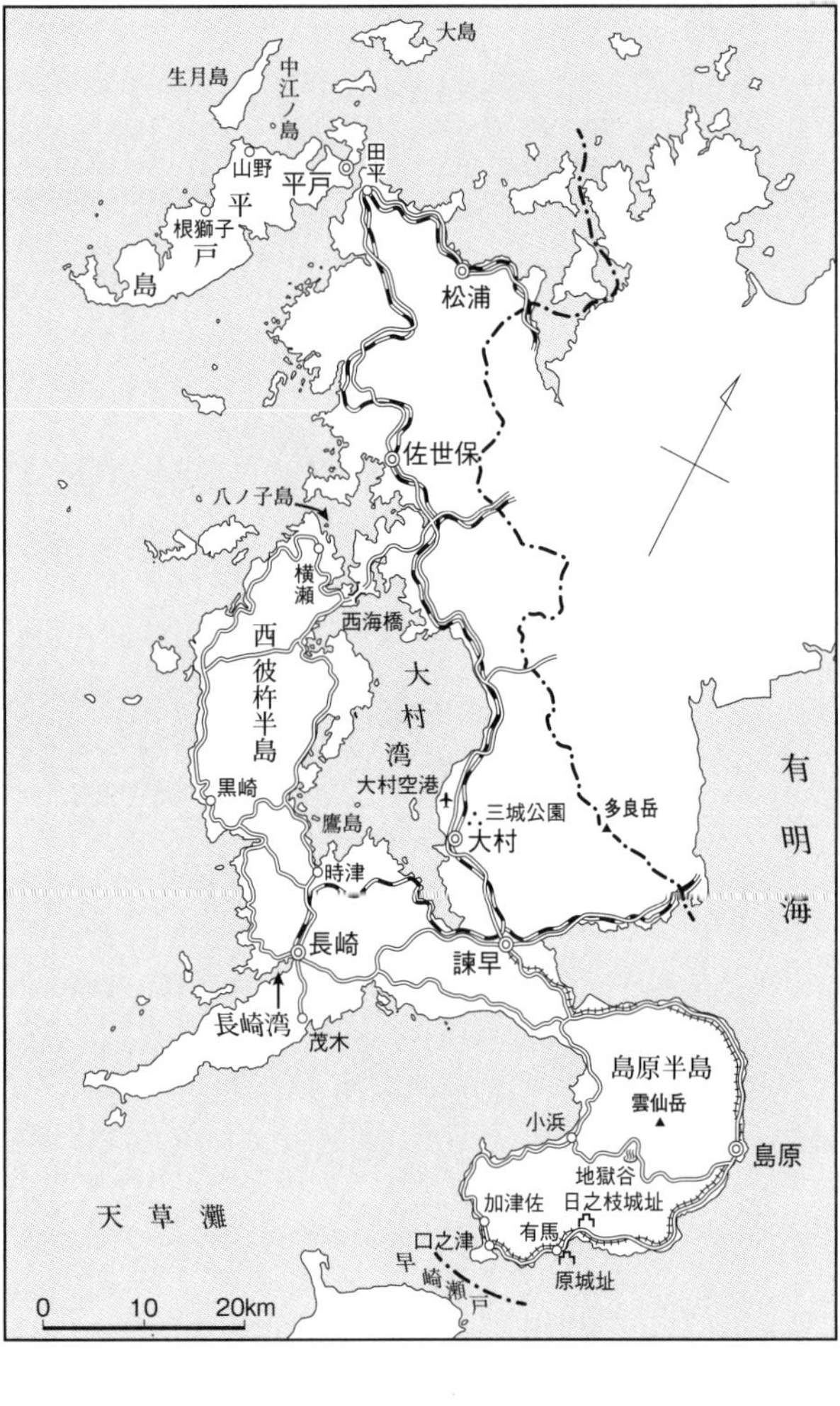

大島
生月島
中江ノ島
田平
山野
平戸
平
根獅子
戸
島
松浦
佐世保
八ノ子島
横瀬
西海橋
西彼杵半島
大村湾
大村空港
黒崎
三城公園
多良岳
鷹島
大村
有明海
時津
長崎
諫早
長崎湾
茂木
島原半島
雲仙岳
小浜
島原
地獄谷
日之枝城址
加津佐
天草灘
有馬
口之津
原城址
早崎瀬戸
0
10
20km

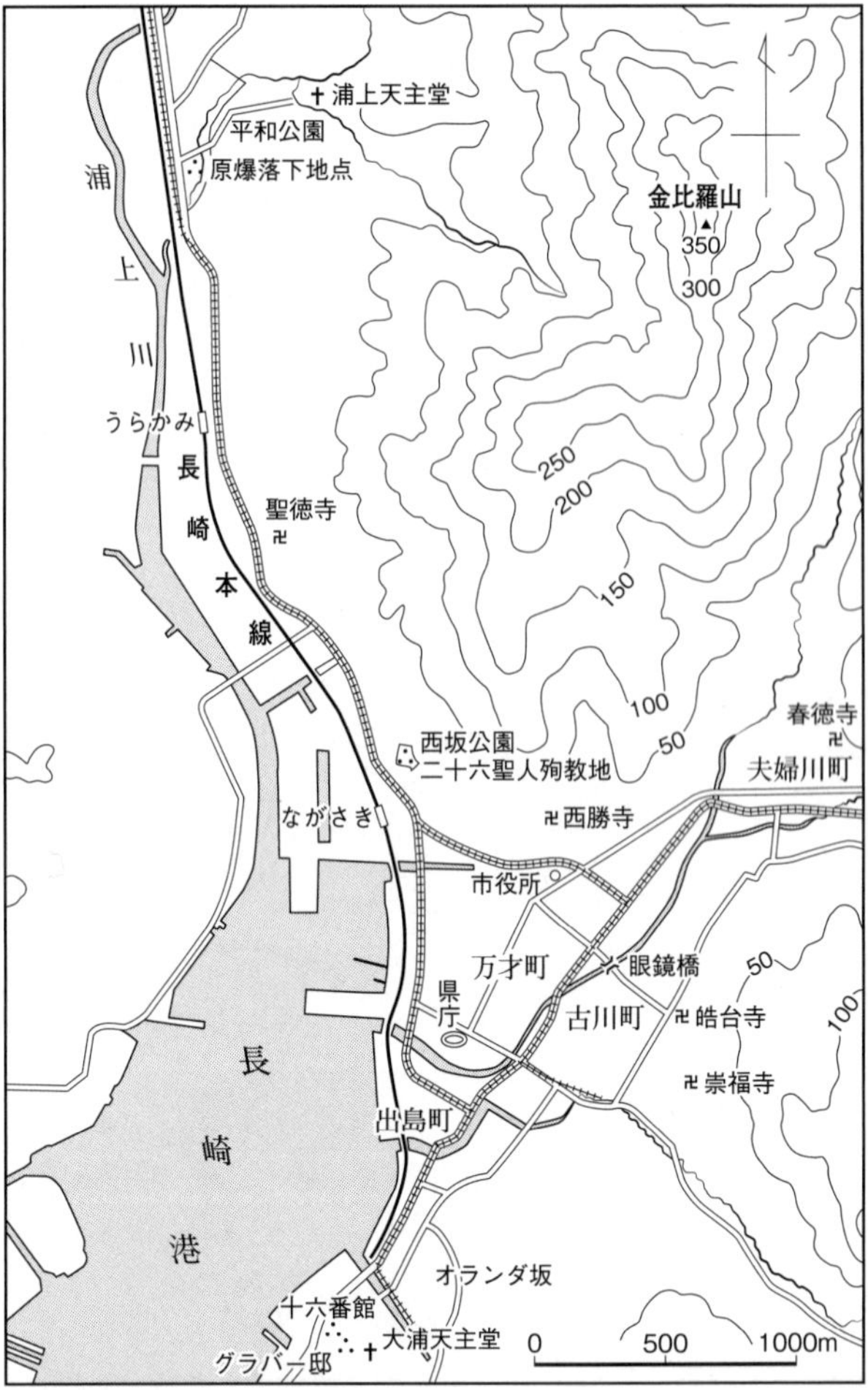
浦上天主堂
平和公園
原爆落下地点
金比羅山
350
300
浦
上
川
うらかみ
長
崎
本
線
聖徳寺
250
200
150
100
50
春徳寺
西坂公園
二十六聖人殉教地
夫婦川町
ながさき
西勝寺
市役所
万才町
眼鏡橋
50
県庁
古川町
皓台寺
100
長
崎
港
崇福寺
出島町
オランダ坂
十六番館
大浦天主堂
グラバー邸
0
500
1000m

一枚の踏絵から

一

　はじめて長崎の街に行ったのは格別な理由があってではなかった。もともと見知らぬ街をふらりと訪れるのが好きだったから、仕事の暇があれば汽車に乗って、あてもなく、偶然、停った駅でおりるということも度々あったのである。

　九州の街は熊本や鹿児島や福岡ならばかなり知っていた。いずれもその街を背景にした作品を書いていたためである。勿論、私は九州の出身ではなかったが、自分がえらんだ題材に適した背景が偶然、これらの街だったのだ。

　だが長崎の街をその時たずねたのはそういう仕事のためではなかった、当時、私はこの街の歴史についてほとんど何も知らなかったし、切支丹時代について特に勉強したわけではなかったのだ。

　だが見知らぬ街を訪れるというのは、ちょうど新しい本の最初の頁を開くのとよく似ている。本屋に入って書棚にずらりと並んだ本の一冊をぬきとり、頁の匂いをかぎ、走り読みをする。小説家である私には、私なりに本にたいする妙な直感があって、最初の頁や目次を見ただけで、この本がやがて自分にとって話しかけてくる本か、それとも一向に興味をひき起さぬ作品かが、大体わかるのである。

そしてそうした予想を抱いて買った本を我が家に持ってかえり、あらためて読む時、今まで知らなかった世界、今まで知らなかったものが突然、眼の前にひろがってくる。好奇心は疼き、その好奇心が頁をめくるたびに興味をふかめてくれる。

長崎の街は私にとって、まさしく、そんな都市だった。

はじめて長崎に行ったのはもう七、八年前の初夏だった。大村から長崎に行く道の両側に花の散ったあとの桜の若葉が茂り、楠の葉が光のなかでかがやいていた。私は友人から教えられた風頭山の頂上にある矢太楼という宿屋に泊り、眼下にひろがる午後の長崎の街とその周りの山々や、それから両手でかこまれたような長崎湾やその湾に浮かぶ船をぼんやり眺めた。

はじめての街がいつもそうであるように、宿の人から、あれが出島、あれが大浦の天主堂と指さされても、その歴史も背景もそれほど勉強したことのない私はただ、そうですかとうなずくだけで、特にこの街が自分の心に食いこんできたわけでもなかった。それらの場所も私にとっては、たんなる名所旧跡以上の範囲を出なかったのである。

ただ、なぜか知らぬが、この街とそれをとりかこむ眠いような空気の奥に、私の興味をひく何かがあった。その何かは勿論、自分でも名をつけることはできなかったが、本棚のなかから、未知の一冊の本を選び出した時の感じに似たものが胸の底から湧いてきた。

一冊の本を開いて、それが自分を惹きつけるか否かは、走り読みをしながら偶然、ぶつかった言葉や文字のせいである場合がままある。その言葉使い一つで、著者の発想法がおぼろげながら摑めるのである。

たった一つの言葉、偶然に眼にふれた一つの文字――もし長崎を本にたとえるならば、私にはその夕暮、眼にとまったものがそうだったのである。それは踏絵だった。偶然みた踏絵だった。

さて、その夕暮、何もすることがなかったからタクシーを頼んで街のなかを一通り見物することにした。矢太楼のフロントの話によると長崎のタクシーには私のような客のためにガイドをつけてくれるという話である。

私はお上りさんよろしく、その若い娘さんのガイドの乗ったタクシーに乗り、宿屋でもらった長崎の地図を膝の上にひろげて、街のなかをぐるぐると回った。眼鏡橋だの、思案橋だの、出島だの、平和公園だの、それからグラバー邸だの、それらは長崎を見物する人が必ず、まず訪れる場所なのだろう。十八、九の娘さんは暗記した通り、手ぶりを入れ、時には歌まで歌ってくれた。だが彼女の折角の努力にかかわらず、私は、急に一人になりたくなってきた。

大浦の天主堂の前まで来た時、もう夕暮だというのに、まだ沢山の観光バスがとまり修学旅行らしい高校生たちが騒ぎながら階段を登ったり、おりたりしていた。新婚旅行の若い夫婦があっち、こっちで写真を撮りあっている。

「さあ、おりましょう」

とガイドの娘さんは私を促した。

「いや、もういいよ」

私は首をふり、怪訝な顔をしている彼女に

「ここで帰ってください」

と言った。

「少し、ぶらぶらします」

「見物ばされんとですか」

「こう沢山の学生さんがいちゃあね」

「ほんと。いつも、そうです」

私は車を帰して、一人で歩きはじめた。何処にいく目当もなかった。芋を洗うように沢山の高校生のいる大浦天主堂を見物する気持もなかった。

私は教会の左側にそった坂道をのぼった。そこには人影がなかったからにすぎない。大きな楠があり、石段は少し急だったが、あたりは、静寂で、さっきの喧騒が嘘のようだった。

ふりかえると、そこから港と船と湾とが一望できた。私は石段に腰をおろし、そこから湾を眺めた。

この大浦天主堂の左の坂道はその後、長崎に行くたびに私の欠かすことのできぬ散歩道となった。朝、早くここを歩き、夕暮、ここを歩き、いつもそこは静寂で誰からも邪魔されることなく、長崎湾をみることができた。

私は階段をのぼって、右の方向に歩いた。いつの間にか道はとぎれ、すぐそこに十六番館と書いた建物があった。そこにも女子高校生たちが十人ほど立っていたが、大浦天主堂ほどではない。

「何があるの。ここは」

と私がたずねると

「明治の頃の外人が使っていた家具やお皿なんか、並べているんです」

と一人が教えてくれた。

「面白い？」

「いいえ」

彼女は首をふって白い歯を見せて、はにかみ笑いをした。

私だって、そんな明治初期に長崎に居留した外人たちの古家具や食器を見たいとは一向に思わなかった。だが天主堂のほうに戻る気がなかったから、そこで少しだけ時間をつぶそうと思ったのである。

十六番館はいかにも明治時代の木造西洋館という建物だった。そしてこのあたりにはむかしの神戸や横浜と同じようにペンキ塗りのそうした洋館や、少し黒ずんだ赤煉瓦の建物がいくつも残っているらしかった。

考えていた通り、中はつまらなかった。それほど良くもない古家具や食器を大事そうに並べた間を、私は通りぬけ、あくびをしながら外に出ようとして、ふと、出口にちかい一室で、何か黒い四角いものが硝子ケースのなかに置かれているのが眼にとまった。

踏絵である。ピエタ——つまり十字架からおろされた基督の体を膝にだきかかえるようにした歎きの聖母像を銅板にして、それを木のなかにはめこんだ踏絵である。

もちろん私はそれまで幾度か踏絵を見たことがあったから、この時が最初ではない。しかしこの夕暮の高校生たちが右往左往している薄暗い館内でしばらく、じっと立っていたのは、踏絵自体のためではなく、そとを囲んでいる木に、黒い足指の痕らしいものがあったためであった。足指の痕はおそらく一人の男がつけたのではなく、それを踏んだ沢山の人の足が残したにちがいなかった。

その時、それほど深い印象を受けたという気持はなかった。私は十六番館を出て、もうすっかり灰色の夕靄に包まれた道で、折よく客をおろしたばかりのタクシーを摑えて宿屋に戻った。

二日後、東京に戻った私はその後の生活のなかで、ふとその踏絵のイメージを心に甦らせることがあった。道を歩いている時や仕事をしている時、あの薄暗い十六番館の片隅でひっそりと置かれていた踏絵とその黒い足指の痕とが記憶の閾《しきみ》の下から水の泡のように浮かんできた。

踏絵とは言うまでもなく切支丹時代から江戸時代に渡って切支丹を見つけるために採用された方法である。もし、それを踏めば許されるが踏むことを拒んだ者は拷問にかけられ極刑に処せられたのである。大体において寛永五年の頃、当時の長崎奉行、水野河内守が長崎で行わせたのが最初だと言われている。当時、使用したものは掛物の聖画が主だったが、これでは絵像が破れるため、寛永六年、後任奉行の竹中釆女正は切支丹から没収した鋳物のメダリオンを板にはめて板踏絵をつくらせた。更にこれが不足すると本古川町に祐佐という職人に命じて真鍮の踏絵を更に作らせたことは、長与善郎の『青銅の基督』を読んだ私も知っていた。

そして私がその頃、考えていたことは誰もが考えるようなことにすぎなかった。第一に、あの黒い足指の痕を踏絵を囲む板に残した人たちはどういう人たちなのかと言うこと。第二にこれらの人はその足で自分の信ずるものの顔を踏んだ時、どういう心情だったのかと言うことだった。

この二つの疑問はそれをその後、噛みしめているうちに次第に私には切実なものになりはじめた。なぜならば、それは強者と弱者、——つまりいかなる拷問や死の恐怖をもはねかえして踏絵を決して踏まなかった強い人と、肉体の弱さに負けてそれを踏んでしまった弱虫とを対比することだったからである。

こうして第二回目の長崎への旅の時は、私にもこの街に向きあう視点が幾分かはできあがっていた。その視点とは言うまでもなく、先ほど書いた強者と弱者との問題だった。自分の信念と信仰とをどんな迫害や責苦にたいしても守りつづけて死んでいった強い人——それは普通、殉教者とよばれる。そして彼等がその信念や信仰に支えられて、魂を主の御腕にゆだねた栄光の場所は殉教の地である。

私が長崎にふたたび訪れた時はトランクのなかにも切支丹に関する本をぎっしり入れるぐらいにはなっていた。地図と首っぴきで、私は長崎やその周辺にある殉教の地を調べたがそれは数えきれぬぐらい無数にあった。

飛行機をおりた大村では放虎原《ほうこんばる》、鷹島《たかしま》、郡《こおり》がそうである。ここ長崎では有名な二十六聖人が処刑された西坂がそうである。その付近にも高鉾島《たかぼこじま》、諫早《いさはや》などがそうである。

風頭山の宿からは西坂の丘は右に見おろせる。今はその丘は長崎市内になっているが、かつてはここは海に突き出た岬だったのである。

二十六殉教者については外国は勿論、日本でも沢山の本が書かれている。当時は既に基督教を保護した織田信長は死に、秀吉の治世だったが秀吉は天正十五年（一五八七）に周知のように切支丹禁令を出し、宣教師の追放を命じていた。しかし、ポルトガル人を主体とするイエズス会では秀吉を刺激しない形で布教を続け、日本全土には約三十万人の信徒がいたと伝えられている。

ところが一五九六年、つまり慶長元年に秀吉は突如、京都、大阪にいる宣教師と信者との処刑命令を出した。秀吉がこの時、なぜこの命令を出したか、学者たちの間でも謎となっている。

最初、捕縛リストに載ったのは多数の人たちだったが、石田三成はこれを緩和して、秀吉の面目を保てる最小限の二十三人を選んだ。即ち聖フランシスコ会に属する宣教師、修道士六名と、その指導下にある信者十四名、その他イエズス会に関係している日本人三名だった。ところが引きまわしの道中にこのなかに更に二名が加えられ、また自分から進んで捕えられた十二歳の少年があり、その数は計二十六人になったのである。

彼等は一五九七年、慶長二年*に京都の辻で左の耳を少し切り取られた後、後手にしばられ、荷車に乗せられて京都、伏見、大阪と引きまわされた。見物する沿道の人の涙を誘ったのは、なかに十二、三歳の少年、三人がまじっていたことだった。十二歳のルドビコ茨木、これはやはり同じく捕縛されたバプチスタ神父の経営する京都の病院で働いていた子供である。十四歳のトマス小崎は貧しい弓矢師の息子で、父と共にやはり捕えられたのだった。そして十三歳のアントニオは父は中国人、母は日本人でバプチスタ神父に引きとられ、勉強のため京都に来ていたのだった。アントニオは父母から切支丹の教えを捨ててくれと言われたがどうしても首を縦にふらなかった。ルドビコ茨木も後に死刑執行役の寺沢から教えを捨てれば武士にしようと誘われたが、これを断わった。

二月四日、彼等は彼杵《そのぎ》に渡り、時津に上陸した後、浦上の癩病院に入れられた。そして翌、五日に、この西坂の刑場に連れていかれたのである。

先にも書いたように今日ではただ台地になっている西坂公園はその頃、海に面した岬だった。もともと、このあたりは刑場だったし、はじめはその普通刑場で二十六名処刑ときめられていたのを、ポルトガル人たちが奉行所に願い出て、現在の位置に変えてもらったという。

縛《くく》られる十字架は三歩から四歩の間隔で東から西に一列に並んでいた。彼等はその十字架に両手をひろげ、あるいは聖歌を歌い、あるいは人々に神の道を説きながら、刑吏がその脇腹めがけて突き刺す槍をうけた。息たえる時「天国《ハライソ》」という言葉を叫ぶものもあった。六番目の十字架にくくられた日本人修道士、三木ポウロは三好長慶幕下の武将、三木半太夫の子で安土神学校、第一回の入学生であり、彼は死の直前まで人々に説教しつづけた。「私は私の処刑に関係した人々を少しも恨みませぬ。ただ一日も早く、太閤様をはじめ、日本人全部が切支丹になられることを望むものです」それが彼の結びの言葉になった。

二十六人の殉教者たちは文字通り、教えに殉じた人たちである。肉体の苦痛、死の恐怖、肉親への愛着、現世への執着、それらも彼等の不屈な信念を決して覆えしはしなかった。彼等は信仰の力と神の恩寵に支えられながら燃えるような勇気で胸を焦がしつつ、おのが魂を天国の栄光に返したのである。

はじめて、この西坂の丘にのぼった時はちょうど黒い雨雲がちぎれちぎれに、向うの湾の上を流れている夕暮だった。その雨雲を見つめながら、私はながい間、丘が自分に引っかけてくるもの――これら信念の人のことを考えた。この丘に二十六の十字架がたてられ、群集がそれをとりかこみ、やがて役人たちの指図でその二十六の十字架に火がつけられた静寂そのものの瞬間を思いうかべた。人々が押し黙り、それぞれ畏怖や尊敬や侮蔑の念をもってこの殉教者の最後を見とどけようとした瞬間である。

ある人たちにとってはそれはたんなる刺激的な血なまぐさい見世物としてしか心にうつらなかったかもしれぬ。また別の者にはこの二十六人の殉教者は、わけのわからぬ狂気《ファナチズム》にかられた連中と思えたかもしれぬ。けれどもまた何人かの人たちには――たとえ彼等がこの基督教を信仰しなかったとしても――この悽惨な光景は心にいつまでも残り、その記憶は彼等の生涯に影響を与えたかもしれぬのである。

それらの何人かの人々にとって、この殉教者たちはおそらく羨望の対象にもなったことであろう。もし彼等が自分自身がこうした殉教の勇気をとても持てぬ弱虫だと思っていれば、尚更、そうだったにちがいないのだ。彼等は生涯、強者になれぬ弱者としてのコンプレックスを抱いたかもしれぬ。そしてそのコンプレックスはやがて彼等の生き方の上でどのような影響を及ぼしたのであろうか。

雨の西坂公園にたちながら、私がこのようなことを考えたのは、要するに自分が殉教者になりえぬ人間たちをふり棄てることができなかったからである。しかしまた、こうした殉教者をたんにファナチックな人間として見たり、殉教者の心理のなかに虚栄心か、自己満足しか認めようとしない近代合理主義に反撥を感じていた。たしかにこれら殉教者の心には人間的虚栄心もまじっていたかもしれぬ。自己満足感もあったかもしれぬ。しかしそうした表面的な心のもっと奥に、信仰をもたぬものには理解できぬかもしれぬが、崇高な別のものがあったことも確かなのである。その崇高な勇気を人間的な次元に還元する現代の人間観に私はやはり、反撥をおぼえたのである。

けれども私はこうした強かった殉教者に畏敬と憬れとをもちながら、またこの強者になりえなかった転び者、裏切者を考えた。転び者、裏切者の殉教者にたいする言いようのないコンプレックスについて考えた。そのコンプレックスのなかには私と同じような羨望と嫉妬と時にはまた憎悪さえまじっていたであろう。殉教できなかった者のなかには生涯その負い目を背中に重く背負いながら、生きていったものもあろう。彼等はたとえ社会から軽蔑されなくても、自分では自分を軽蔑せざるをえなかった筈である。

だがこれは表面的な粗雑な観察だろうと私は思った。弱者の心理はもっと複雑でもっと翳のあるものである。

いずれにしろはじめて西坂の公園にのぼったあの雨の日、私はその丘にたって強い者と弱い者とのそれぞれを思った。そしてそれは私にとって、やがて書くであろう小説の視点――カメラアイズをきめる問題に発展していった。

二

東京で私は長崎とその周辺の切支丹の歴史について勉強しはじめた。読者もまた長崎に行かれるためには少くともこの地方の切支丹について多少の予備知識を持ったほうが旅行の仕甲斐がある筈である。

長崎という地名は文字通り長い崎という意味である。今はそこが中心部ちかい丘になってはいるが市役所のあるあたりから県庁のところまで続く高台は昔、長《なん》か崎と呼ばれていた。したがって昔は今より、ずっと入江がふかく海岸線も内側に入っていたことは先程の西坂公園が海に突出した岬であったことでもわかるのである。

切支丹時代、長崎は大村からこの一帯に勢力を張っていた大村純忠の支配地であった。長崎の城主、長崎甚左衛門は大村家の重臣でその妻は純忠の娘だった。

純忠は大村付近を歩く時、欠くべからざる人名だからあとで書くことにするが、彼は日本で最初の切支丹大名といえる。

その純忠の影響で長崎甚左衛門も洗礼を受け、宣教師を保護し、その布教を認めた。長崎で伝道をはじめたのはルイス・アルメイダ修士であり、後にガスパル・ウイレラ神父が甚左衛門から城の南麓にある廃寺をもらって教会をたてた。

この長崎最初の教会は現在、夫婦川町の春徳院の場所である。このあたりに長崎氏の城や館もあったのであろう。

だが長崎を貿易港として最初に認めたのも人はあまり知らないが、これらポルトガルの宣教師だったのである。

大村純忠はポルトガル船の寄港地として最初、横瀬浦を開いたが、永禄六年に横瀬浦が純忠にたいするクーデターで焼かれたあと一時的に福田を貿易港に指定した。

福田（現在の小浦町）は長崎からタクシーで二十分足らずのところにあるから出かけられるとよい。やはり入江にそった山かげに往時を偲ばせる石垣が残っている。

この福田の沖でポルトガルの船と平戸から出撃した八十隻の松浦の水軍とが戦った日本

最初の日本と外国との海戦のことを記憶していていいだろう。ポルトガルの船が反切支丹政策をとる松浦の平戸を嫌って、福田に入港したことに憤激した松浦隆信がここに戦を仕かけたのである。

長崎港はこの福田のあと、メルキヨール・デ・フィゲレイド神父が海岸調査の上、貿易港として好適とみとめ、純忠の許可を得て開港したのが始まりである。港ができると、福田に集っていた商人たちもここに移動し、少しずつ町が出来あがった。

甚左衛門の頃に新開地として出来た長崎の町は次の六町である。

島原町（現在の万才町）
大村町
分知《ぶんち》町（現在、外浦《ほかうら》町に編入）
外浦町（現在、県庁のあるところ）
平戸町
横瀬浦町（のちに平戸町に合併）

これらはそれまで長崎一族の所領としていた片淵、中川、夫婦川の集落とは別に開港によって作られた新開地だった。元亀二年、司令官トリエスタン・デ・ウェイガの乗る三隻のポルトガル船が中国、西欧の品物を満載して長崎の港に入港したのが、最初の長崎港の端緒となった。そして切支丹も毎年、確実にふえ、「ここに異教徒たる商人たちが雲集し、そのうち平均三百人は毎年、洗礼をうけ」と宣教師、ルイス・フロイスは書いているのである。

長崎は開港以前に千五百人の信徒を持っていたし、その後も信者の増加はおびただしかったし、切支丹大名、大村純忠によって保護されていたにかかわらず、この頃、しばしば町ぐるみの戦争を行っている。

先程、大村から長崎にかけては大村純忠の勢力下にあったと書いたが、しかしそれは必ずしも絶対的な支配ではなかったらしい。松田毅一先生の『大村純忠伝』を読むと、この頃の領主がいかに内部のクーデターに悩まされていたかがよくわかるのだが、実際、大村から長崎まで来る間にある諫早は反純忠派の西郷純堯の城があったし、長崎港の近くには深堀純賢がいた。いずれも大村家とは縁続きであるが、純忠にたいしクーデターを起している。

新しく開港された長崎に戦を仕かけたのはこれら反純忠派の西郷、深堀の両軍である。彼等は天正元年と六年と八年の三回に渡って長崎の切支丹を攻めている。切支丹たちは長崎六町の外側に堀をつくり、柵を設けて苦戦ながらも、ようやくこれを撃退したが、現在の蛍茶屋《ほたるぢゃや》のあたりや、勝山町はその頃の戦場の跡である。

こうした内部のクーデターによる長崎攻撃と共に大村純忠が一番、おそれたのは佐賀の巨大な大守、竜造寺隆信の長崎にたいする野心だった。

長崎は純忠にとって海外貿易の利益をうる大切なドル箱だったから、同時に他の野心ある豪族に狙われることも必定だった。この矛盾をさけるため、純忠が考えついたのが長崎を切支丹宣教師の知行所としてイエズス会に永久に寄託することだったのである。そうすれば竜造寺氏らも侵入することをやめるであろうし、また長崎の貿易港としての税金は大村家が取ることもでき、商人たちも第三者的な緩衝地帯としてここに集るという三つの利点が生れる。

こうして天正七年（一五七九）純忠と時のイエズス会巡察師ヴァリニャーノとの間に長崎とその隣接地である茂木を委託地とする契約が成立した。

委託地であるが領土権も司法権もイエズス会にあったのではなく、大村家がこれを握っていた。こうした委託地に更に原爆のおちた浦上がつけ加えられた。これは有馬晴信が宿敵、竜造寺隆信を破った記念にイエズス会に贈ったからである。

こうして自分たちの知行所となった長崎にイエズス会のパーデレたちは日本布教の管区本部をおいた。そして岬の先端に壮麗な教会もたてた。教会は岬の教会とよばれ、時計台がついていたと言う。時計台は日本流の干支による時刻と西洋式の時間とがわかるようになっていたもので、これと前後してコレジヨ（大神学校）、セミナリヨ（小学校）も移された。

岬の教会のほかに切支丹が増加するにつれうつくしい教会が次々と建設された。今の県立図書館のある高台には白堊のサンタ・マリア教会が、今の西上町にはサン・ジョアン・バプチスタ教会が建設され、慶長八年から慶長十七年にかけては約十の教会が古川町、東大工町、今町、外浦町などにつくられている。切支丹の数は長崎だけで五万というから全人口の九〇パーセントが信徒だったとさえ言える。

これらの信徒は勿論、すべてが本当の信仰心から受洗したのではあるまい。ちょうど軽井沢に外国人が別荘を建てた頃、土地の人が好奇心やハイカラになりたい気持や、あるいは信者になったほうが外人相手の商売を営んだり、店を繁盛さすために都合がいいためにクリスチャンになったように、その半分以上は一時的な気持から信者になったと言っても差支えない。

そして亦、宣教師の布教報告はそうした信者の増加を質よりも数で誇る傾向はまぬがれないであろうから、彼等はこうした功利的な信者を本当の信者と錯覚したことも大いにありうることである。

しかし秀吉の禁教令は既に布かれ、慶長二年には前記の二十六聖人が西坂で処刑されたにかかわらず、これだけの信徒と教会があったと言うことは、まだ禁制がそれほど厳しくなかったことを示している。

現在の県庁付近に建てられたコレジヨはイエズス会員が高度の教育を日本人に与えた教育機関である。このコレジヨには日本最初の付属印刷所がおかれ、有名な天正の少年使節がヨーロッパから持ってかえった印刷機械によって聖人伝や漢和字書、日本大文典のような本が印刷された事も忘れてはならぬ。セミナリヨでは十六歳前後の少年たちに日本語の読み書きのほか、ラテン語、声楽、器楽、水彩画、油画、銅版画、オルガン、天文儀器などを教えていたと言われている。

少くとも慶長十九年までは長崎は日本が西欧と始めて接触した唯一の大きな接触点となり、その文明と宗教とが海の彼方からもたらされる活動にみちみちた都市だったのだ。切支丹たちにとってここは文字通り、都《みやこ》であり、日本のローマでもあったのである。

だが果して基督教は日本に根をおろしていただろうか。信徒たちも秀吉から家康に政権が移行する間の一時的な信仰の自由を満喫して、やがて、その信仰が自分たちにとって、どれだけ本物であり贋物であるかを試さねばならぬ時が来るのを知らなかったのである。

急激に迫害の鉄槌はくだされた。慶長十九年、豊臣氏との決戦に踏み切った徳川家康は秀吉と同様、禁教令を布告すると同時に、もっと苛酷な追放令を宣した。禁教令は一般信徒だけではなく、元大名にさえも容赦なく適用された。高山右近や内藤徳庵らの切支丹元大名は長崎に護送された後マニラに向けて、宣教師たちは木鉢からマカオやマニラに永久に帰国なき国外追放の運命にあわねばならなかった。

十にのぼる長崎の教会もその年の冬のはじめから次々と破壊されていった。この時、有馬直純や大村純頼や細川忠興のように切支丹の一族をもった大名が五万の長崎切支丹の反抗を怖れて警備に当ったのは皮肉だった。

教会は次々と巨木のように倒された。人夫たちはかつてポルトガルの船が長崎入港の目印としていたサンタ・マリア教会も岬の教会もサン・ジョアン・バプチスタ教会も次々と鋸で柱を切り、斧で折り、大綱で引き倒していった。そして五万の切支丹たちはそれをただじっと見るだけで、何の反抗もみせなかった。

これが迫害のはじまりだった。以後、長崎西坂公園付近だけでも六百人以上の信徒が次々と殺されたことは既に書いた通りである。だが残余の切支丹たちはどうなったのか。もちろん、この西坂以外の処刑場でおのが肉体を魂に従わさせ、信仰と信念を守り通した人たちもかなりいただろう。だが他の大半は、「転んだ」のである。迫害と弾圧の前に自分の選んだものを棄てたのである。

迫害によってそれまで平和のなかに信仰生活を続けられた信徒たちは「自分の信仰は本ものか」を自らに問わねばならぬことになった。それは言いかえればきびしい自己検証の瞬間だった。自分は何者か。いかなる苦痛にも耐えて自分の信じたものを貫く強者か。それともそれらの苦痛の前に自分を裏切る弱者か。

こうしてメッキの信者だった者がまず脱落した。信仰はあったが肉体的な恐怖に負けた者もそれに続いた。迫害者は当人だけではなく、当人の親の死、子の死をもって信仰を捨てるように迫ったから、恩愛のきずなに心ならずも棄教した者もあった。

西坂公園の首塚から現在の天理教会に至る地域は、こうして毎年、処刑される強い人と、それを遠くから見守る弱き者が集る場所となった。実際、慶長二年*の二十六聖人以後、寛文十一年の七十五年に渡って、ほとんど毎年、ここでは火刑や斬首が行われた。その最も多かったのは明暦四年（一六五八）の日本人一〇九名だが、殉教者のなかには日本人のほか、ポルトガル、メキシコ、イタリア、スペイン、ポーランドのような西欧宣教師のほか、中国、朝鮮の人たちもまじっていた。

この小さな丘はこうして日本の基督教信者にとって辛く、また栄光の聖地となったのである。

三

こうして切支丹時代に自分の関心の足がかりを向けた私はすぐ、また深い失望を味わわねばならなかった。

それは明治以後、出版された汗牛充棟ただならぬ切支丹研究書にはほとんど一つとして、私の視点――つまり強者と弱者の視点からこの時代を分析したものはなかったからである。

切支丹学者たちはこの時代の事実考証や文化史的な意味については多くの努力を払っては

いるが、私がこの時代から何よりも知りたい「日本人と基督教」「基督教は本当に日本の風土に根をおろしたか」「強者と弱者」といった問題は全くといっていいほど語られていないのであった。

もちろん、強かった人、殉教者については数多くの伝記や資料が我々の手に残されている。これらの人々の崇高な行為にたいして教会も讃美を惜しまぬからである。

だが、弱者——殉教者になれなかった者、おのが肉体の弱さから拷問や死の恐怖に屈服して棄教した者についてはこれら切支丹の文献はほとんど語っていない。もちろん無数の無名の転び信徒について語れる筈はないのだが、その代表的な棄教者についてさえ、黙殺的な態度がとられているのである。

それには考えられる理由が当然ある。棄教者は基督教教会にとっては腐った林檎であり、語りたくない存在だからだ。臭いものには蓋をせねばならぬ。彼等の棄教の動機、その心理、その後の生き方はこうして教会にとって関心の外になり、それを受けた切支丹学者たちにとっても研究の対象とはならなくなったのである。

一方、迫害者側の文献にも弱者は無視されている。迫害者である日本幕府にとってもおのが弱さに脱落した転び者はたんに軽蔑の対象にすぎず、それら無力化した者たちについて態々書きのこす必要は全くなかったのである。

こうして弱者たちは政治家からも歴史家からも黙殺された。沈黙の灰のなかに埋められた。だが弱者たちもまた我々と同じ人間なのだ。彼等がそれまで自分の理想としていたものを、この世でもっとも善く、美しいと思っていたものを裏切った時、泪を流さなかったとどうして言えよう。後悔と恥とで身を震わせなかったとどうして言えよう。その悲しみや苦しみにたいして小説家である私は無関心ではいられなかった。彼等が転んだあとも、ひたすら歪んだ指をあわせ、言葉にならぬ祈りを唱えたとすれば、私の頰にも泪が流れるのである。私は彼等を沈黙の灰の底に、永久に消してしまいたくはなかった。彼等をふたたびその灰のなかから生きかえらせ、歩かせ、その声をきくことは——それは文学者だけができることであり、文学とはまた、そういうものだと言う気がしたのである。

三浦朱門と私とが上智大学のチースリック先生を週に一回たずね、この切支丹の碩学から転び者の一人、一人について教えを乞うたあの日々のことを私は今、なつかしく思いだす。

「どうして、あなたたちは」とチースリック先生はある日、苦笑して言われた。「転び者に興味をもつのですか」

私は笑って黙っていた。しかし唇にその返事はほとんど出かかっていた。「それは……私が小説家だからです。そして私が彼等に近い……からです」

このチースリック先生のおかげの勉強で、私にはしかし、ほんの僅かな知識ではあったが、その頃の代表的な弱者を選び出すことができた。ファビアン不干斎、トマス荒木、フエレイラ（沢野忠庵）、ジョゼフ・キャラ（岡本三右衛門）の四人である。

ファビアン不干斎は永禄八年、加賀の国に生れたと言われる。天正十一年、彼は十九歳で洗礼をうけ、十四年の前後、長崎のコレジヨで神学を学んだ後、慶長二年、正規のイルマンとなった。

彼は『平家物語』のローマ字の訳者であり、また基督教の立場から仏教、儒教、神道を批判した『妙貞問答』の著者でもあるから当時の切支丹ではかなりのインテリと言える。その彼がその後、棄教したという事実はどういう動機からであろうか。棄教後に書いた『破提宇子』だけでは我々にはよく摑めない。一説には女性との問題がそこに介在していると言われるが、それだけでは表面的な動機なように私には思われた。

荒木トマスは日本の留学生としてローマに渡った人である。彼は今のグレゴリアン大学――当時のコレジヨ・ロマーノで勉強し、その成績表も残っている。当時のベラミーノ枢機卿から非常に可愛がられ、毎日の聖務日禱まで一緒に唱えたといわれている。

それほどの知遇をえた彼が慶長十七年頃、日本に帰国した後、元和五年の八月十日に長崎奉行所に捕えられると、即座に棄教を宣言した。

捕われた後に彼は平戸の牢に入れられた。二年間、ここで投獄された後、彼は大村の牢に移されたが、役人たちはこの意気地なしが彼等にとって利用できると思った。それは大村牢にいる八人の外人宣教師たちとかなりの日本人信徒をトマス荒木によって説得さすことだった。

　その後の彼の行動は私の知る限り、ほとんど文献には出ていない。彼がいつまで生きていたのかもわからぬ。ただ大村の牢獄に移されてから十五年たった寛永十四年（一六三七）に彼が長崎奉行所で聖ドミニコ会のミカエル・オザラザとどり交した会話だけが伝わっている。オザラザ師はトマス荒木の説得が終るとこう言ったという。

「汝のラテン語は善し。されど汝の信仰は悪し」

　転び者ファビアン不干斎や背教神学生、荒木トマスの紹介はこれだけで終る。これだけで終ったのは私の努力が足りなかったのではない。私の知れる限りの資料をみても、これ以上の記述はこの二人についてなされていないからである。ファビアン不干斎や荒木トマスは切支丹時代における代表的知識人であり、その棄教はかなりの影響を周囲に与えたであろうが、にもかかわらず、その生涯や棄教後の生活は、歴史の沈黙のなかに埋れているのだ。

　にもかかわらず、私は彼等について知りたかった。乏しい資料から彼等の孤独な生涯を追求することはほとんど不可能であったが、しかし僅かなその断片はかえって私の想像力を刺激した。次第にそうした代表的な背教者のマスクが私の脳裏に焦点を結びつつあった。

　クリストヴァン・フェレイラがそれら背教者のなかから浮かびあがってきたのはその時だった。

チースリック先生が私たちにフェレイラについて教えてくださったノートがまだ私の机の引出しに残っている。そのノートやその他の文献にしたがって私はおよそ知りえる限りのフェレイラの生涯をここに書いておこう。

クリストヴァン・フェレイラ（Christovão Ferreira）は一五八〇年（天正八年）にポルトガルのジブレイラで生れた。父はドミンゴ・フェレイラと言い、母はマリア・ロレンゾと言うことはわかっているが、その家の階級も職業も不明である。

十六歳の時、フェレイラはコインブラでイエズス会に入会した。そしてその翌年からカンボリーの修錬院で修錬を受けた。その後の彼について残っている記録は二十三歳の時、東洋のマカオの神学生だったことの証明書しかないが、そこから推定されることは恐らく二十一歳前後のころに、彼は他の神学生たちと共に、東洋布教を命ぜられリスボンを出発したのではないか、と言うことである。当時の東洋のマカオまでたどりつくには、少くとも二年の船旅を要しただろうから、私は彼の出発を二十一歳前後と考えるわけである。

彼がどの道をとって東洋にはいったかはわからないが、おそらくその後のポルトガル宣教師と同様、フェレイラもゴアに向かうインド艦隊に便乗したのであろう。彼は最初、インドの伝道を希望していたのである。スエズ運河のなかったこの時代、船はアフリカの喜望峰をまわってインド洋に出、そこからゴアに向かうのである。その旅が今日のわれわれには想像できないような苦難の連続であったことは疑いない。嵐が襲い、暑さや無風と戦い、渇きや病気で友人たちは倒れ――馴れぬ風土と食物、言語の不自由などを思いあわせる時、われわれは他の宣教師同様、フェレイラにこの辛苦をこえさせたものが何であったかを、やはり考えておかねばなるまい。冒険の精神、たしかにそれもあったろう。しかしそれだけではあるまい。もし、青年フェレイラにキリスト教を真理と考える信念とそれを布教したいという激しい情熱と、東洋人のため役に立ちたいという司祭の心がなければ、それらの苦難はたやすくは乗りこえられなかったはずだ。私がこれを強調するのは拷問のあと転んだフェレイラにも、その心が変形されて残っていたからである。

とまれ、一六〇三年、ゴアからマカオについたフェレイラはここで五年間、倫理学の神学生であった。司祭として叙品をうけ、初ミサをあげたのもこのマカオであった。中国語や日本語は、おそらくこのマカオで勉強したのであろう。東洋布教に大きな足跡を残したヴァリニャーノ師は一六〇三年、日本からマカオに戻ったから、フェレイラもまた、ヴァリニャーノ師と会ったことであろう。

一六〇九年（慶長十四年）、マカオから彼は布教の目的地日本に向かった。航路も到着地もわからぬが、おそらく九州、島原方面であったろう。海から日本の美しい島々ややさしい山が見えた時、この二十九歳の青年には、やがて繰り広げられる自分と日本との闘いがどんなに悽惨なものになるかは思いもしなかったにちがいない。やがて自分が、この日本という牢獄で生ける屍のような晩年を送るとは夢にも考えなかったにちがいない。

一六〇九年（慶長十四年）といえば家康の時代である。キリスト教は信長時代ほどは歓迎されてはいなかった。地方では迫害、殉教はあっても後の弾圧に比べればまだ幾分は大目に見られていたころである。フェレイラの上陸後、四年間の足跡はあきらかではないが、彼が比較的自由に九州や中国や上方を歩いたことは容易に想像できる。一六一三年（慶長十八年）には彼は京都の教会で会計を司り、院長を助け、主として日本の知識階級に教理を教えている。彼の日本語は流暢だった。

一六一四年（慶長十九年）秀忠はきびしい禁教令を発布した。本格的な弾圧がいよいよ始まったのである。高山右近や内藤如庵らのような元キリシタン大名は追放されるために長崎に護送された。宣教師たちも木鉢に集められ、十月六日と十月七日に彼らを乗せた船が、それぞれマカオとマニラとに向かって出発した。しかしこの追放令にもかかわらず、三十七名の司祭たちが日本信徒を捨て去らずに潜伏したのである。そしてフェレイラもまた、その一人だったのである。

日本にとどまるということは、殉教の決意がなければできぬことである。フェレイラがその時、この決意を持たなかったと、どうして言えるだろうか。事実、彼は一六一七年の十月一日にイエズス会に終生誓願をたてている。その決心が本物であることはこの行為によっても明らかである。すでに上方地方の地区長という重要な職にあった彼は、一つの大きな支柱だったはずである。牧者を失いかけた信徒たちの支柱であり、潜伏した勇気ある司祭たちの支柱だったのだ。有名な『日本切支丹宗門史』を書いたレオン・パジェスは、当時、わが国に潜伏したイエズス会司祭二十二名、修道士六名の氏名をあげているが、その中にも、

「クリストノ・フェレイラ師、誓願司祭、管区長の顧問、忠告役」

という名がはっきりみえる。パジェスは、そのころのそれらパーデレの活動について次のように書いているのだ。

「上方では長老バルタザール・デ・トルレス、ブネディクチノ・フェルナンデス、クリストヴァン・フェレイラ、日本人ヤコブ小市の神父たちが伝道に当たっていたが、この政治の中心地では危険きわまりなく、避難所はなかなか得がたく、秘蹟《サクラメント》の管理は至難になった。同じ神父たちは丹波、摂津の国、及び四国を歴訪した」

姉崎博士は、こうした潜伏司祭たちが昼は信徒の家の床下にかくれ、夜は日本人農夫の野良着をきて布教や秘蹟を与えに活動したと書いておられたが、このころのフェレイラもまた、そうした生活をしていたにちがいない。彼はまた、白分のまわりで捕えられ、殉教していく信徒を目撃し、ひるむ者たちを励ましたにちがいない。一六二三年（元和九年）の有名な江戸大殉教について、報告書を書いたのもこのフェレイラだからである。あるいは一六三一年（寛永八年）の雲仙における切支丹拷問や石田神父たちの華々しい殉教につ

いて報告書を書いたのもこのフェレイラだからである。

「前の手紙で私は貴師に当地のキリスト教界の状態をお知らせした。ここで私は引きつづき、その後に起こったことをお知らせする。すべては新しい迫害、圧迫、辛苦につきるのである。一六二九年以来、信仰のために捕えられている五人の聖職者……から始めよう。長崎奉行の竹中采女は彼らを棄教させ、もってわれらの聖なる教えとそのしもべとを嘲笑しようとした。こうして信徒たちの勇気を挫き、彼らをその手本によって容易に棄教させようとした」

石田神父たちの殉教を知らせるこのフェレイラの手紙を読む時、われわれは言いようのない悲哀を感ぜざるをえない。彼が長崎奉行の竹中采女について書いた、

「こうして信徒たちの勇気を挫き、彼らをその手本によって容易に棄教させようとした」

という一節は、そのままその後の彼の運命を皮肉にも暗示しているからである。

彼は信仰に殉ずるこれら司祭や修道士たちを讃めたたえた。

「とうとう采女はいかにしても自分が勝てないことを悟った。これがわれわれの聖なる教えが大衆に賛仰されるようになり、信徒たちが勇気づけられ、暴君が先に計画し期待したことと反対に、打負されるに至った戦いの赫々たる結末である」

一六二〇年（元和六年）パジェスによれば、フェレイラは上方から九州平戸にも出かけている。

「恩寵と稀代の才能に恵まれたフェレイラ神父は平戸に行った。彼は天使のごとく扱われ、千三百人の告解をきいた。彼は夜、浜辺を歩きながら、霊魂の務めを行った」

われわれはこのパジェスの最後の言葉――真暗な平戸の夜、波の打ち寄せる音、その浜辺で歩きながら祈ったというフェレイラの姿に、ある聖者の美しいイメージを連想させる。だがそれが美しいだけに、言いようのない悲劇を予想させるのである。もしパジェスのこの記録が正確ならば、その姿を見た信徒たちの誰が、十三年後におけるこの「天使のごとき」人の裏切りと棄教と挫折を思ったであろうか。そして、夜の浜辺で祈ったフェレイラ自身にも、未来はもちろん、予想しえなかったのである。

この平戸旅行が一時的で、その後、彼がふたたび上方に戻ったのか、それとも長崎地方に残ったのかはわからない。わかっていることは、彼は寛永三年（一六二六）、長崎において管区長の顧問をしていることである。

しかし、悲劇は少しずつ迫っていた。彼の日本滞在はすでに二十三年をこえ、その名は信徒たちに口々に囁やかれ、たとえこのフェレイラが捕えられるようなことがあっても、あの人がとげるのは殉教であることを皆は信じていた。

寛永十年（一六三三）、時の宗門奉行は井上筑後守である。この井上筑後守に長崎に潜伏していたフェレイラは遂に捕えられた。

捕えられて、いわゆる拷問まで筑後守がこのフェレイラにどのような問答や訊問をしたのかもちろんわかっていない。だが筑後守は元来、肉体的拷問を下策と考えていたインテリであり、できるかぎり、宣教師や信徒を理論的に説得することを上策と考えていた奉行だった。

「拷問《ごうもん》を頼みにいたし好む事悪く候。奉行骨を折り候とも、切々穿鑿《せんさく》いたし、細《こまか》に口書を申付、色々思案いたし、手を廻し、さぐり尋ぬること然るべき由、或は宗門をかくし、又は類門白状いたさざる時、詮方つきたるとき嗷問仕るべき事」

これは筑後守と後任者北条安房守とが残した文書の一節であるが、これによっても、筑後守がフェレイラに拷問をかけざるをえなかった経緯がほぼ想像できる。筑後守はこの文書の最後にあるように、いかなる説得もフェレイラの信仰心をゆるがすことができなかったゆえに、詮方つきて拷問にかけたのである。

パジェスによればそれは一六三三年十月十八日だった。

「長崎でイエズス会の管区長ポルトガル人、クリストファ・フェレイラ神父とイエズス会の日本人神父ジェリアノ・デ・中浦が穴の中に入れられた。またシシリヤ人でイエズス会のヨハネ・マテオ・アダミ神父、イエズス会のポルトガル人、アントニオ・デ・ソーザ神父。聖ドミニコ会の修道者、イスパニヤ人フライ・ルカス・デル・エスピリット・サント神父、イエズス会の日本人ペトロ修道士とマテオ修士、聖ドミニコ会の日本人フランシスコ修士が穴に吊るされた」

「拷問五時間後、二十三年の勇敢な働き、改宗の無数の果実、迫害と障害とを聖者のように耐えしのぶことによって確固としていたフェレイラ神父は哀れにも棄教した」

パジェスの文中、「穴に吊るされた」というのはもちろん、井上筑後守が最後的手段としてとった穴吊りのことである。汚物を入れた穴の中に、体を縛って逆さに入れる。血が頭に逆流して、その苦痛は始めはゆるやかに、徐々に度をまし最後は言語に絶するものとなる。

筑後守がこの拷問を採り入れたのは、従来の拷問が短時間に多くの苦痛を与えすぎて、信徒や宣教師をすみやかに殉教に至らしめ、その英雄的な死が、それに立ち合う役人にまでに感動を与えたからであろう。穴吊りならば長時間、その苦痛は続く。彼らの意識は混乱し、芋虫のようにのたうちまわり、もはやそこには殉教の英雄的美しさはない。みにくい苦痛と長時間の闘いが繰り広げられる。井上筑後守はそういう心理的な点の信徒たちに及ぼす影響を計算する能吏だったのである。

「五時間後」、混乱した意識のためにフェレイラは理性を失いつつあった。この瞬間ほど人の一生の中で怖ろしい瞬間はない。フェレイラは二十数年前、アフリカの南端を渡り、嵐や病気や飢渇に耐えながら日本に渡った理想の時代を今、失おうとしている。多くの日本人に布教し洗礼を与え、説教をした輝やかしい時代を今、失おうとしている。迫害下にあってなお日本に潜伏し、皆を励まし、平戸の浜で祈った勇ましい時代を失おうとしている。そして彼はその瞬間、それら全てを失ったのである。

穴からふたたび出されたフェレイラはもはや五時間前のフェレイラではなかった。勇気ある宣教師フェレイラではなく、裏切り者と弱者のフェレイラであった。

チースリック師によれば、フェレイラが穴吊りの刑にあった時、オランダ船が日本を出航し、彼らによってフェレイラ殉教の報告が海外に流れたという。しかし一六三六年、その報告が事実でないことは判明し、彼はイエズス会を正式に追放されてしまった。

この十月以後のフェレイラの生活については始めに書いたように、われわれはほとんど知ることはできない。確実なことは、彼が日本人死刑囚、沢野某とその妻子とを押しつけられ、その名も沢野忠庵（中庵ともいう）を名乗って、幕府の通詞を勤めたことである。自分を迫害したものの手先となったことである。

パジェスによると、一六三九年（寛永十六年）イエズス会のカスイ神父が捕えられ、前後して捕縛された式見神父、ポルロ神父とともに江戸に移送され、五月か六月に評定所に出た所、フェレイラがそこに列席し、棄教をすすめたという。もしそれが事実ならば沢野忠庵ことフェレイラは長崎と江戸とを棄教後たびたび往復して、その後、捕えられた宣教師たちの取り調べの通訳をさせられたと考えられる。「日本人カスイ神父が白洲で不幸なフェレイラに引き会わされたのであった。そしてカスイ神父はそのフェレイラを臆せず非難した。フェレイラは白洲から姿をかくした」

長崎の『オランダ商館日記』をひもといていると、時おり、フェレイラの名をそこに見つけることがある。その中に次のような記事がある。

「一六四一年(寛永十八年)六月二十九日。奉行、平右門殿は通詞八左衛門を通して最近入港の支那船で発見した貨幣を見せ、何国の貨幣か、そこに書かれた文字は何か、価格を質問されたので、われわれはそれがオランダの通貨であることを書記に日本文で報告させた。奉行は背教者忠庵に同じ質問をしたところ、われらの答えと一致したので、捕縛した支那人を釈放した」

この『商館日記』ではフェレイラのことを時おり「背教者ジュアン」と書いていることに私は注目している。

「一六四三年(寛永二十年)三月十七日。リスボン生まれのクリストヴァン・ヘレラという四日間吊るされた後、棄教して今長崎に住みジュアンと称している男や、また、宣教師の下僕であった者の訴えにより、二十二年前に埋葬されたパーデレの遺骸を発掘し、焼いて海中に投じた」

このジュアンはもちろん、忠庵という名をオランダ商館の駐在員たちが聞きあやまったのであろうが、そのジュアンは前記のほか一六四三年の日記には四回、一六四四年と一六五〇年の日記にはそれぞれ一回ずつ出てくるのである。

「一六四三年(寛永二十年)七月二十五日。最近捕えられたパーデレたちが幕府によって近くわれらの通詞二名、ならびに背教者ジュアンとともに江戸に送られることになった」

「一六四三年十一月二十四日。通詞小兵衛殿の話によれば去る七月、江戸に送られたポルトガル人たちは数回の拷問を受けた後、棄教し、現在、囚人で行動の自由はないが、生涯各月、米五俵、年一貫を支給され、背教者ジュアンのように長崎で勤務することになった」

「一六四四年（寛永二十一年十一月）。朝鮮に近い対馬から急使が来て同地に着いた支那ジャンク一隻を抑留したが乗組員五十二人中にパーデレがおり、支那人の大部分はキリシタンと信じられると報告した。……奉行権八殿は正午ごろ出発、通詞全員が遠くまで見送った。その間に大目付、井上筑後守の執事イマジナ殿が目付として十月二十四日到着、会談のため来訪されたが通詞不在のため果物、菓子、葡萄酒を供して、背教者ジュアンが来るのを待った」

そして、最後の一六五〇年（慶安三年）の日記はフェレイラの死を報じたものである。

「一六五〇年十一月六日、これまで四十年の間当所にとめおかれ、われらがジュアンと称えたイエズス会のパーデレ背教者ジュアンが昨日、この世を去ったことを聞いた」

松田毅一博士によれば、日本側の記録とこの『オランダ商館日記』によるフェレイラの死は二日の差があるようである。しかしそれはともかくとして、このわずかな材料からも、ベールを通した沢野忠庵の長崎や江戸における生き方をどうやら想像できるのである。そして彼がこうした生活を送りながら、どんなに苦しんだか、どんなに絶望感にもだえたか、時には自暴自棄や運命にたいする憎しみにかられたかを記載した文書はわれわれの手もとにない。しかしパジェスによれば、フェレイラの死は病死ではなく、こうした生活からふたたび自分がかつて棄てた信仰に復帰するための再殉教だったという。

「クリストヴァン・フェレイラは二十五年後にその立ち返りと殉教とによって、イエズスの教会と彼が属したイエズス会とを慰めた。フェレイラ神父は当時、五十四歳でイエズス会にあること三十七年であった」

このパジェスは幾つかの点で間違っている。第一にフェレイラが死んだのは五十四歳ではなく七十歳をすぎていた。また彼がイエズス会に属したのは四十年間である。しかしフェレイラがふたたび自ら進んで殉教しようとした点については、松田博士の『忠実のフェレイラ』によれば、かなり海外では流布されたらしい。

「一六五三年（から翌年にかけて）長崎を出た四艘の支那船が印度支那のトンキンに着き、そこに住む現地名パウロ・ダ・バタなる日本人にフェレイラが再びキリスト教信仰を告白し処刑された報告をもたらした。日本管区巡察師 P. Onofre Borges はバタを訪ねてこの重大情報に接し、マリノー師は一六五四年七月三十一日付で之をローマに報じた。その年末の季節風で、二艘の支那船が長崎からトンキンに着き、船長は同様の報告をバタに伝えた。……バタはトンキン政庁の司祭たちに報じ、その一人、ジュゼッペ・アグネスは一六五五年五月六日付で、フェレイラの殉教をセレベスのマカッサル駐在の同僚マテロ・サッカノに報じた。……それらの内容を要約すると次のごとくである。〃フェレイラはすでに老齢で、数年来、病床に臥していた。彼は自らの神を裏切ったことに痛心の余り、大声で胸中を明かした。これはただちに奉行所の士卒に報ぜられ、士卒らは忠庵を訊問した。忠庵は率直に悲痛な心境を告げ、基督教信仰を告白した。士卒らは彼を揶揄し侮辱したがフェレイラの聞き入れるところとならず、奉行に報告した。調査が行なわれ、奉行は市民の騒ぎとならぬように秘かにフェレイラを処刑することとした。士卒がこの報告をフェレイラのもとにもたらしたところ、彼は泰然自若としていたので穴吊り場へ引き出した。多数の日本人と支那人とが奉行所の意図に反して処刑に居合わせる間、フェレイラは再び逆吊りとなり絶命した〃」

しかしこれらの情報は松田博士も言われるように、『オランダ商館日記』に比べると史料的価値が乏しい。私としてはフェレイラはやはり殉教したのではなく、長く病床についたのちに死んだと考えている。

フェレイラが生存中、このように宣教師取り調べの際の通詞の役を命ぜられたことはすでに書いたとおりであるが、今一つ、忘れてはならぬことだが転んでから三年目の寛永十三年（一六三六）にフェレイラは自分の棄教を内外にあきらかにする『顕偽録』を書かされたのである。それはキリスト教の偽りを顕かにする本であり、三年前まで自分がそれによって生きていたものを全否定する書物であった。

　もちろん、それは奉行側の命令もしくは強制によるものであり、フェレイラの自発的行為ではなかったろう。そのことはこの本を読むと、キリスト教についての紹介も反駁の内容もあまりに幼稚素朴であり、とてもイエズス会の神学教育をうけたフェレイラの自筆によるものではないと思われるからである。それは、姉崎博士が想像されるように、「奉行所の指図で何人か儒者をしてキリシタンの教理を忠庵に問いつつ、その破折を書かしめ、而してそれを忠庵にみせた……」

　というから両者の合作だったかもしれない。

　しかし、その『顕偽録』のある節にはこの背教者の呪詛の声が聞こえるような部分がある。

「天地の作者、万像の主、知慧の源に在さば世界の人間、悉く何ぞ其を知るやうに作《な》し給はざるや。……慈悲の源ならば何ぞ人間の八苦、天人の五哀、三界無安の苦界に作り給ふや」

　その一節をたとえ自分が書いたのではないにせよ、供述者から読みきかされた時、フェレイラの心に、拷問や処刑を耐えねばならなかった多くの日本キリシタンの面影がかすめなかったろうか。さらに、

「鬼利志端にも『ペレデスチナト』（とは後生のために撰《えら》びいだす心なり）とは無始無終、

よりデウス撰び出し、扶《たすか》り、同じ宗旨にもレホロポ（とは後生のため嫌はれたる心なり）とて、相残る者は地獄に落る也との教なり。是、慈悲の源と言ふべきや」

という部分は、棄教後のフェレイラの哀しみをそのまま語っているようである。救いを神によって予定された者と、地獄に落ちるべく運命づけられた者との区別を（カトリックだったフェレイラが、まるでプロテスタントのごとく）、認めているのは、自分を「運命論者」(Reprovado) だと考えたからであろうか。

『顕偽録』がフェレイラの自発的著述でなかったにせよ、彼がそれを自分の筆として認めた時、彼はもう、なるようになれという自暴自棄の気持だったのだろうか。

しかし「某《それがし》、南蛮の僻地に生れ……若年之時より鬼利志端宗旨の教をのみ業として竟《つひ》に出家を遂げ、長じて此道を日本に弘めんことを思ふ志深くして数千万里を遠しとせず、日域に至り、此法を万民に教へんがため、多年の間、飢寒の労苦をいとはず山野に形をかくし、身命を惜まず、制法を怖れず東漂西泊して此法を弘む」という冒頭の言葉には、言いようのない彼の悲しみがにじみでているように思われる。

転んだ後にもフェレイラには、人々に役にたとうとする司祭的な心理が残っていた。彼が日本人のために天文学と医学とを教えたのは、おそらくその心理のあらわれだろう。彼の医学的知識、天文学的知識はもちろん当時のイエズス会司祭が布教の必要上、修得したものを出ていなかったであろうが、それでも日本人に貢献するところは大きかった。医学的には門下に杉本忠庵、西玄甫などが生れたが、また井上筑後守の命で天文学書『乾坤弁説』の翻訳にあたり、自身も筑後守の臣に天文幾何を講じ、オランダ・キャピタンに凸レンズや望遠鏡のあっせんを依頼しているのである。

フェレイラが一六五〇年十一月に長崎で死んだことは、長崎オランダ商館の日記に記載されているが、彼の墓は長崎皓台寺にあったことは確かである。

しかし、その後、その墓はフェレイラの娘婿に当たる杉本忠庵によって品川東海寺に移され、さらに最近、杉本家の子孫、杉本金馬氏の話によると谷中に移されたとのことである。

＊一七頁・二九頁に「慶長二年」とありますが、いずれも慶長元年の出来事です。（編集部）

日記（フェレイラの影を求めて）

五月二日

私の血縁には一人も九州出身はいないのに、長崎に着くたび、まるで故郷に戻ったような気持になるのはどうしてだろう。それはこの街には他の国から来た者を暖かく迎えるという伝統的気風が出来あがっていて、私のような旅人にも異和感を与えないからだろうか。いずれにしろ、長崎を訪れるたび、私はよそよそしく扱われたことがないのだ。

たとえばこんなことがあったが、この前に三浦朱門と友人の神父とここに来た時、銀嶺という古いランプを集めた有名なレストランで食事をしていると、隣のテーブルにお嬢さんが二人、腰かけて珈琲を飲んでいた。

三浦は細君の曽野綾子さんに何を土産に買っていったらいいかしきりに思案している。私は横のテーブルのお嬢さんたちに声をかけ、どこかいい店を教えてくれないかときいた。

東京ならばそういう時、店の名を教えてくれるだけであるが、この親切なお嬢さんたちは私たちを繁華街にあるベッコウ店まで連れていってくれただけではなく、店員さんに小声で何か言っては、割引までさせてくれたのである。

三浦はそれこそ舟につりあげられた河豚のように口をパクパクさせて恐縮して、

「しかし、ふしぎですねえ。どうして、あなたが声をかけてくださると、どの店も値引してくれるんでしょう」

お嬢さんは笑っていたが、やがてその理由が判明した。お嬢さんの家はこの繁華街の浜町でも有名なタナカヤという婦人服店で、周囲の店とはごく親しかったのである。

その午後、矢太楼という我々の宿屋に電話がかかってきた。彼女の母上からで、娘から話をきいた。長崎はお始めてのようですので、良かったらおいしいお寿司屋さんを御紹介しましょうと誘ってくれたのである。

私がとら寿しを知ったのはこのためである。とら寿しは浜町のすぐ近くにある店で、その夜はタナカヤさん御一家と我々はここでたのしく夜をすごした。

とら寿しの御主人は変った経歴の持主で京大を出たあと、会社の重役までされたのだが、つくづく宮仕えが嫌になり、故郷の長崎に戻って寿司屋を開業されたのだそうだ。自分で魚つりに行った魚を自分で料理して好きな客に食べさせるのが楽しみで、この日も

「今度、私の手づくりのカラスミを送ってあげますよ。それを薄く切って、なかにニンニクをはさんで、舌でころがすようにして一杯やってごらん。こたえられんから」

とか、正月のダイダイを陰ぼしにしたのを醬油と砂糖で煮る。それを暖かいホカホカと

した御飯にのせて食べるとこれ、実においしいと言われ、三浦も私も咽喉に唾がこみあげてきそうであった。そしてその約束通り、私は毎年、とら寿しの御主人手製のカラスミを頂戴する好運に恵まれたのである。

以来、タナカヤさん御一家ととら寿しさんとは私が長崎に来ると、親類のような家になってしまった。

長崎が私には故郷のように感じるのはそうした良い人にめぐりあえたせいかも知れない。もう一つ。長崎の人と話をしていると、こわいという感じがする時がある。こわいというのは怖ろしいというのではない。たとえばこのタナカヤさんとかとら寿しの御主人はすごく舌がこえているのである。舌がこえているというのは本当の文化ということだから、私は親しみと同時に敬意を払う。それが東京人のように知ったかぶりの食通、有名料理店めぐりの食通でないだけにこわいのである。食べものの味を味える人はその他のことも味えるのであって、私はエピキュリアンが長崎には多いような気がしてならぬ。

五月三日

風頭山の頂きで私は今、この日記を書いている。頂きからは二つの岬がまるで何かを抱きかかえた両腕のように長崎湾をつつんでいるのが見える。湾のこちら側に長崎の街が真昼の光の下で拡っている。

この頂きに来たのは、フェレイラが始めて日本に到着した日のことを空想したいためである。彼が日本に来たのは慶長十四年、一六〇九年で、徳川家康と秀忠の時代だ。

初夏の長崎は気持がいい。風が若葉の匂いをふくんで私の頬に心地よい。教会の鐘が足もとから聞える。長崎は今でもやはり日本で一番、教会の多い街だ。あちらの教会から鐘がなると、それに応えるようにこちらの修道院も昼のアンジェラスの鐘をならす。フェレイラが日本に来た頃も同じようだっただろう。

当時の長崎は人口は五万以上、秀吉が二十六人の宣教師や信者を西坂で処刑にした記憶はまだ残っていたが、市民には信者は多かった。教会だって岬の教会を中心にサン・ペトロ教会（現在の今町）サン・フランシスコ教会（現在の桜町）サン・アウグスチノ教会（現在の本古川町）サン・ドミニコ教会（現在の勝山町）など十も数えられた。教会だけではなく修道院や病院も次々と建てられた。

長崎の細ながい、静かな入江。今は大きな造船所のドックが対岸にみえるが当時はあそこは緑の樹々で埋っていたにちがいない。

フェレイラが始めてこの入江に入った日、それは何月だったかわからない。しかし彼は故郷ポルトガルを出発してから数カ年以上かかって最後の目的地、日本に着いたのであろう。彼が烈しい感動なく、この長崎の海や入江の風景を見なかったとは考えられない。彼の心にはその時、一瞬でも恐怖がかすめたろうか、自分の悲劇的な晩年を予感する何ものかが脳裏をかすめたろうか。

　私は前に神戸の南蛮美術館で見た「南蛮人渡来屏風」の光景をふと思いだす。それはおそらく当時の目撃者によって描かれた長崎の港の風景である。大きな黒い南蛮船。そこからおりてくるポルトガル人やスペイン人。運び出される珍奇な品物や動物たち。出迎える宣教師や武士。彼等の背後には三層の岬の教会が描かれている。

　だが現実には南蛮船が着いた頃の長崎港は御朱印船の出発地で日本船や中国のジャンクが集りもっと騒がしく、もっとうす汚なかったにちがいない。日本人たちは次々とおりてくるポルトガル人や西洋の品物に眼をみはりフェレイラもその日本人たちの好奇心のこもった眼差しをうけただろう。人夫たちの声や、海の匂いや埃で港は騒がしかったことだろう。

　もっともその港は現在の長崎大波止のあたりではなく、今の警察署の前あたりだったのである。長崎の街自体はこの頃、もっと海に侵蝕されていた。岬の教会も西坂公園の附近にあったと思われるが、あそこまで海は来ていたのだ。だから今の長崎よりも、もっと当時の長崎は背後の山の方角に追いつめられた傾斜した街だったように私は想像している。

（ポルトガル人はマカオやリスボアを見てもわかるように山と海とにはさまれた狭い土地に町を作るのが好きだ。長崎はその点、ポルトガル人好みの町だったのである）

　フェレイラが長崎に上陸したとするならばそれは切支丹たちにとっては最も幸福な時代

であり、また街自体も貿易によって活気あふれる頃の長崎だったのである。現在の長崎県庁を中心にした六つの町の外廓に新しく十八の町が形成されていた。

　したがってフェレイラが見たであろう長崎の町がどのあたりであり、どのくらいのものだったかは大体、私にもわかるのである。

　風頭の山から私は当時の町だけに注目する。人口、五万以上。三層や二層の中国風の寺に似た教会があちこちにあるほかはひくい家並のかたまった町。それがフェレイラの見た頃の長崎だったろう。

五月五日

　今度の長崎に来た目的の一つは、フェレイラの晩年をここで味うためである。寛永十年、一六三三年、十月十八日はフェレイラの生涯にとって致命的な一日だった。井上筑後守の手によって捕えられた彼が奉行所で逆さ吊りにされた後、五時間後に棄教したのだ。

　奉行所ははじめ本博多町におかれ、のちに外浦町の現在の県庁の場所におかれたのだが、フェレイラが拷問をかけられたのは、この県庁のあった所だったろう。

　捕えられたのは大阪だという説もあるが、寛永三年、彼は長崎の管区長顧問をしているから、多分、長崎もしくはその付近ではなかったかと私は推定している。

　その時の長崎は切支丹たちにとって、もはや昔日の面影はなかった。家康の弾圧政策で宣教師、修道士はマニラやマカオなど外国に追放され、わずかに三十七名の潜伏パーデレの秘密活動で信徒たちの連帯が保たれているという状態だったのだ。

禁教令が発布されると長崎の教会は悉く破壊された。木造建築だったので鋸で柱を切り大綱で引き倒すなどして取りこわした。

だからフェレイラが捕縛された頃の長崎にはもう教会も、修道院も病院もなかった。ポルトガル人の彼が目だたぬ筈はない。いかに信者たちが彼を苦心してかくまったにせよ、禁教令が出て二十年以上も潜伏できた事情がむしろ不思議なくらいである。

「拷問五時間後、二十三年の勇敢な働き、改宗の無数の果実、迫害と障碍とを聖者のように耐えしのぶことによって確固としていたフェレイラ神父は哀れにも棄教した」

このパジェスの記述を私は県庁前を通りすぎる時、思いださぬことはない。

その後の彼が何処に住んだかについても確実な文献はない。ただ皓台寺の過去帳には「本五島町」で死去したと記述されているから仏教徒に無理矢理に転宗させられた後の彼の檀那寺が皓台寺であり、本五島町に一六五〇年、慶安三年頃に住んでいたということがわかる。

しかし現在の五島町から私は自分の小説のフェレイラの住居を思い描くことはできない。

今日、その皓台寺に行った。浜町から銀嶺の前を通ってしばらく行くと、山の斜面いっぱいに無数の墓の並んだ大きな寺がすぐ見つかる。私はその墓のなかを汗ばみながら三十分ほど歩いたが、遂にフェレイラの墓を見つけることはできなかった。（この前、三浦朱門と来た時もむなしく一時間ほど探して戻ったのである）

けれども私はこの皓台寺とその近所――苔のむした石垣や大きな楠やそして古い家々が真昼の陽の下で静まりかえっている細い道を歩きまわりながら、ここを晩年フェレイラの住んだ場所として自分の作品のなかに描くことに決めた。（この道は長崎のなかの――明治初期の面影をまだ残している大浦天主堂の付近よりも私は好きである）

五月六日

オランダ商館跡、つまり出島と呼ばれるあの扇型の人工島はもう昔日の面影はないけれども私はそこに行くたびに彼等がその日記のなかで晩年のフェレイラについて僅かながら記録を残しておいてくれたことに感謝せざるをえない。

少くともその一六四四年（寛永二十一年十一月）の記録によればフェレイラはこのオランダ商館にたびたび通詞の代りとして呼ばれたのである。彼は奉行所の命令で日本もしくは日本領の島に寄港した船に宣教師や切支丹が残っていないかの訊問通詞をするため、オランダ商館をたずねているのだ。

商館跡にくるたび、私はここには彼の足跡があることを、一種、疼くような気持で考えながら、あたりを見まわす。彼にとっては屈辱のきわみというべきこの仕事。――それをどのような心理でやってのけたのだろうか。かつて自分も信じ、それによって生きたものを裏切るという行為を彼はこの場所でやってのけたのである。

私はその場面を私の作品の最後の章に入れるかも知れない。

五月七日

小説の主人公、ロドリゴがフェレイラと始めて会う場所を私は結局、寺町にある西勝寺に決めた。

この寺にはフェレイラが証人の一人となっている転び証文の写しが保存されている。

今日、私が寺にたずねていくと顔なじみになったここの奥さんが

「また証文を見たいのですか」

と笑った。御住職は生憎、外出されていたが私は奥の部屋に通されて、箱に入れた転び証文を手にとった。

その証文はフェレイラ自身の転び証文ではない。彼がころび伴天連として一組の日本人夫婦の棄教の証人証明をしているものの一つだ。一つというのは彼が他におそらくそのような証人となった可能性があるからであり、しかもこれはその書き損じの写しにすぎぬ。しかし沢野中庵と名のらされてからのただ一つの遺品とも言うべきものなのである。

私はその写しを箱にしまってから、寺のまわりを歩いた。一羽の鶏が境内のなかを歩き

まわっている。（註）大きな銀杏の樹の下で子供が遊んでいる。私の主人公、ロドリゴはここでフェレイラに会うのだが、それは彼が予想しなかった瞬間にせねばならぬ。

私は寺の山門の下にたちながら、警備の侍たちにつれられてここに来るロドリゴの姿を考える。フェレイラは寺のなかにいたほうがいいと思う。

註　この鶏が小説ができてから、この場面に使われていたのは作者として計算外のことだった。

五月八日

福田——かつて長崎ができる前に大村純忠がポルトガルの商船の入港を許した港は今、何も残っていない。ここは大浜という名になり長崎の人が海水浴にくる場所に続いている。

私はその裏山に登った。かなり急な道をのぼりつめると、突然、そこに高原のような風景がひらけ、教会のある小さな部落がみえた。教会の戸を叩いたが誰も出てこない。

さっきまで晴れていた空が曇って、急に雨がふりはじめた。私は誰もいない教会の聖堂に勝手にはいりこんで、雨がやむのを待っていた。

そしてその窓から見える風景を小説のなかに織りこむとすれば、どこに入れようかなどと考えていた。聖堂といっても、まるで郊外の貧弱な幼稚園の遊戯室のような部屋で、祭壇が一つ、捨てられたようにおいてある。ここは司祭も住んでいないらしかった。

雨が少し小降りになったので、私は教会を出て、そばの農家に声をかけたが誰も出てこない。ちぎれた雨雲の背後にミルク色の大きな雲がゆっくり移動し、芋を植えた段々畠から肥料の臭いがただよってくる。私はそのあたりを歩きまわって、手帖に眼につく樹木の名前を書きとめた。鳥がどこかで鳴いていた。それも手帖に書いておいた。

まもなく二人の女の子供が道を駆けのぼってきて立ちどまり、遠くから私をじっと眺めた。

「この教会には誰もいないのですか」

と私がたずねると、女の子は

「日曜だけ、神父さんがくる」

と答えた。やはり想像していた通り、司祭のいない教会だった。

私は牛の排泄物の落ちた山道を歩いてもう少し頂きに行った。そこから黒い、そして島のある海が見えた。(註)

註　この場面はロドリゴが放浪する山の風景描写に役にたった。私は教会をロドリゴが雨宿りをする小屋に変えて小説に織りこんだ。

横瀬浦、島原、口ノ津

横瀬浦

東京から大村の飛行場についてバスか、タクシーで長崎に向う途中、静かな大村湾が右に見えてくる。その大村湾に眼をやっていると、やがて樹々にかこまれた大村城跡があらわれる。

だが、大村にはこの城跡のほかにもう一つ、もっと古い城跡がある。土地の人はそれを三城公園とよんでおり、長崎に行くバスなら左側の方角に、小高い丘が見えるのが、それだ。

現在、訪れても城跡を偲ばせるものは僅かな石垣しか残ってはいないが、しかしこの城は切支丹史を多少、嚙ったものには見逃しがたい。なぜなら、それは日本最初の切支丹大名、大村純忠の居城だったからである。「永禄七年甲子春、大村の地に城を築て移居す。是を三城と云、此より前は大村の館に居れり」と純忠の事蹟を書いた『大村家記』にある。

大村純忠は大村家十八代の領主である。彼の経歴や生涯については松田毅一先生の『大村純忠伝』に勝る本は現在ないが、戦国の乱世にあって彼はその周囲の外敵と一族の内乱と闘いながら領国を守るかたわら、波濤万里、日本に訪れるポルトガル船に福田、横瀬浦、長崎のような港を開き、宣教師たちに基督教の布教を許し、やがて自分も洗礼を受けて熱心な信者になった切支丹大名の第一人者である。

彼が一五六三年（永禄六年）に洗礼をうけてから大村領の信者は急激に増加し、その数は、二三〇〇名に達し、その領地は文字通りの切支丹王国になったのである。

だが現在、これら切支丹の遺跡は大村付近にはそれほどない。それは純忠の息子、大村喜前が棄教者となり、その子、純頼が徳川幕府の禁教令に屈して領内の宣教師、信徒をすさまじく迫害したためであり、切支丹墓碑も川棚、千綿《ちわた》に一つずつ、亀岳に一つ、計三つしか見当たらない。けれどもそれにたいして殉教の地は鷹島、放虎原、鈴田、郡などに見られ、殉教者の数もおびただしい。

だから私はそうした殉教地以外に、純忠に関係のある横瀬浦を見ることをお奨めする。

横瀬浦は佐世保から船に乗っても行ける。しかしこの付近に来られた方はたいてい西海橋を見物されるだろうから、西海橋を見たあと横瀬浦に行かれるのもいいだろう。（ただこのコースは多少、時間がかかる）

横瀬浦は今はさびれた漁港である。だがここは大村純忠がポルトガル人たちに開港を許した永禄五年から二カ年の間は、我国と西欧とが交流する最も大きな港だったのである。純忠はポルトガル人たちに三つの条件をつけた。

1　横瀬浦の周囲二里を港町として、その半分は農民と共に教会に治めさせる。

2　その地域には宣教師の同意がなければ異教徒を居住させぬ。

3　ポルトガル貿易のため同地にくる商人には十年間、税を免除する。

今日、さびれたこの横瀬浦は、しかしさびれているが故に、当時の宣教師の描写をそのまま保っている。アルメイダ修士はその頃、次のように書いている。

「横瀬浦港はポルトガル人の間では扶助者の聖母の港と言われている。港口には高い丸い一つの島があり、その頂上には甚だ美しい十字架があって、遠方からでも望むことができた。十字架を立てたのは三日間、毎日午後空中に十字架が顕われたためで……」

その十字架のある島は現在八ノ子島といわれる小島であり、今もそこには昔通り、十字架が建っている。

寂しい部落だった横瀬浦はこうして貿易港として発展し、各地から商人が集まり、町も上町、下町が出来た。

この地の布教にあたったのは修士フェルナンデスと修士アルメイダやトルレス神父たちだったが、たちまちにして三百人の者が洗礼をうける始末で、教会は日曜毎に充満する有様だった。

復活祭の日には信者たちは日の出前より集まり、花輪を頭に飾り、樹木に蠟燭や提灯をつるして、アレルヤを歌いながら行列したという。今日のさびれた横瀬浦を見ると、その華やかだった切支丹町が想像できないくらいである。

その永禄六年の三月、領主、大村純忠はたびたび横瀬浦を訪れて謙虚な態度で宣教師たちに教えを乞い、基督教の教義を聞いた。そしてその年の五月、二、三十人の家臣をつれてここを訪れた純忠は遂に洗礼を受けたのである。

横瀬浦を今日、たずねると、その時、純忠が宿泊した館跡が現在の幼稚園の中にある。そしてそこから歩いて五、六分のところに当時の教会跡が畠となって残っている。

けれどもそれだけ隆盛をきわめた横瀬浦が今のようにさびれた直接の原因はその年の夏、大村家の内部で起ったクーデターのためである。純忠の義理の弟、後藤貴明は兵を起して純忠の館を攻めたのである。そしてそのため横瀬浦にも流言が飛び、日本人商人とポルトガル人との間に闘争がはじまり、町は大混乱におちいり、火が放たれた。こうして極東の日本と遠い西洋とをつなぐ華やかな橋だった横瀬浦は永禄六年八月十六日、焼滅してしまったのである。

現在、崖地と畠に変った教会跡にたつと、うすよごれたわびしい横瀬浦の家々が眼下に点在する。純忠はこの教会で毎夜午前三時に来てはミサにあずかり、いつまでも聖堂に残り朝方まで教義に耳を傾けたという。
またこの教会ではポルトガル人と純忠たちとの間に華麗な晩餐会も開かれ、日本の領主は好んでポルトガル産の葡萄酒を傾けたという。

島原今村刑場

夕暮れの島原町をさっき来た方向に戻りながら今村刑場のあとは何処かと二人の中学生にたずねたが、たがいに顔を見あわせるだけで首をふった。何処かで水の流れる音がきこえる。

島原に来るたびに私はいつもこの音をきく。水はこの町にひどく豊富なのだ。長崎とくると毎年、きまったように水不足に悩まされるのに、この町とくるとありあまるほどの水が町のなかを流れている。今まで色々な町を歩いた私だが、繁華街にあんな清冽な流れを見たのは始めての経験だった。

島原の町に来る人はそこから雲仙に行くため一寸、休憩するか、まれに暇のある者が復元城や武家屋敷を見物するようだが、この今村刑場を訪れる者はめったにいないらしい。

私だって今度、ある小さな作品を考えていなければ、そんなところを、この夕暮、たずね歩くようなことをしなかっただろう。ただ私の作中人物がここの場所を要求している以上、作者としてはどうしても見ておかねばならなかった。その作中人物は切支丹の一人だったのだが性来、弱虫で卑怯者で意気地なしで、拷問と死の恐怖とをどうしても越えることができぬ弱者だったのである。

そのくせ、彼はかつての自分の仲間――彼とは違っていかなる脅しにも屈せず、自分の信念を守りつづけた仲間と指導司祭の処刑を見るために、その処刑日、この島原にやってきたのである。そして今村刑場の竹矢来の外から、犬のように哀しい眼で、自分が結局なれなかった強い人たちの最期を見て、トボトボと帰っていったのである。

その作中人物の名はまだ私の頭には浮んではいないが、その表情や歩き方はもう、大体つかめているような気がする。そして私は今、この夕暮の島原の町はずれを、まるで自分が彼であるように歩きまわっている。彼が水の音を聞いたように、私も水の音を聞いているのだ。

やっとのことで一人の婦人が刑場の場所を教えてくれた。それは向うに見える松林だった。鳥が鳴いていた。

今村刑場はペトロ・パウロ・ナウアロ神父が火刑に処せられた場所である。彼は一五八八年、天正十六年に日本に来て以来、山口や伊予の布教に当った後、一六一九年、元和五年頃からこの島原半島の布教本部長に任ぜられていた。

一六二一年、元和七年の冬、八良尾の教会でミサをあげて有馬の町に出たところで信者三人と逮捕され、島原に護送された。時に神父は六十二歳、当時、領主の松倉重政はまだ切支丹にたいして寛大政策をとっていたから、神父は監禁された家でミサを捧げることができたという。

だが松倉家に下された江戸幕府の命令は苛酷でナウアロ神父の火刑を命ずるものだった。一六二二年十一月、神父はロザリオを首にかけ修道服を着用、共に捕えられた日本人伝道士のディオニジ福島、ペトロ鬼塚三太夫、クレメント久右衛門三人と連禱を歌いながらこの処刑場に入ってきたのである。

矢来の外には見物人たちがひしめきあっていた。当時の今村刑場は西坂刑場と同じく海にかこまれた岬だった。

彼等が刑場にたてられた四本の柱に縛りつけられると、ナウアロ神父は人々に向ってこの時、最後の説教をしたと言う。

やがて領主、松倉重政が到着すると薪に火がつけられた。重政は神父たちを苦しめずにすぐ死なせたいという配慮から、薪を近く火の勢も強くするように命じたので、忽ちにして火煙は四人を包み、その煙のなかから、彼等が基督とマリアの御名を唱える声が聞えた。

遺骸は三日、ここにさらされた後、灰にして海に棄てられた。

この刑場ではナウアロ神父につづいて一六三三年、寛永十年、アントニオ・ジャノネ神父が殉教している。明暦年間に大村で発覚した切支丹信徒のうち五十六人がここで処刑されている。

私は刑場跡の松林のなかで一人だった。あたりはもう薄暗くさえなって、少し気味が悪かった。地面には丸く石を並べた跡がある。それが何の跡か、判別しない。一羽の鳥が枝にとまって、さっきから嗄れた声をあげている。

けれども、ここはすっかり公園になった西坂刑場よりは当時の面影を伝えている。

往時もおそらく、ここはこれと同じ松にかこまれていたのであろう。ただ海はすぐ真近に迫っていたからナウアロ神父が処刑された日、群集は海の音と海風がざわめかす松林の音を耳にしただろう。そして朝の光のなかで四人の殉教者を燃やす火は乾いた、はじけるような音をたてて、白い煙は風にあおられて矢来の外の見物人たちの方にながれたにちがいない。

その見物人のなかに、私は私を発見する。私の分身である主人公は人々のなかにまじって、彼と信仰をひとつにして、彼に洗礼をさずけたナウアロ神父や仲間の勇気ある最期をおずおずと見るのである。（ちょうどそれは基督の処刑を遠くから見ねばならなかった弱虫のペトロや弱虫の他の弟子たちとそっくりだ）彼は自分が今、師と仲間と――いや、それよりも自分の信念を裏切りつつあるのをはっきり見ねばならぬ。自分がいかに卑怯で陋劣な人間であるかを知らねばならぬ。にもかかわらず、彼にはこの時、ペトロのように「私もまた、この人たちと同じ切支丹です」と叫ぶ勇気がどうしてもないのだ。死の恐怖は彼の咽喉をしめつけるのである。彼はカヤパの館のペトロのように泣く。だが泣いたところで彼の卑劣さは償えるのではない。

刑場の跡で、私はそんなことを考えていた。私の心のなかには、その矢来の外の見物人にまじった主人公の姿勢や歩き方が眼に見えるようだった。(註)……

註　この短篇は「雲仙」という題で雑誌『新潮』に発表された。

口ノ津

切支丹時代、異国の船が珍奇な品物やパーデレたちをのせて波濤万里たどりついた九州の港のうち、まだ往時の面影をどこか残しているのは横瀬浦と口ノ津だけだと私は思う。港から湖のように穏やかな入江をだくように長い岬がのびている。岬には今も古い家が並んでいる。あの頃も岬の先には十字架が立てられていたろう。

むかしの口ノ津と今の口ノ津が地形的にちがう点は、現在の港のあたりはまだ深く入りこんだ入江で、その入江の奥に船着場があったことだ。現在、唐人町のあたりに南蛮船寄港場所の碑がたっているが、その周りが港になっていたにちがいない。

私は口ノ津に春きた。秋にも来た。冬にも来た。ふしぎに私がこのうらぶれた漁港に来る時は空が晴れていて入江からは海の匂いがただよい、一隻の漁船がわびしい音をたてて港から出ていくほかは眠ったように静かで、何の変哲もないこの小さな町が私は好きだった。町の人はおそらくほとんど、自分たちが今、住んでいる場所に四百年前、教会が建てられ、唐人や南蛮人が往来し、切支丹の讃美歌がながれていたことにそれほど関心がないだろう。

その頃の口ノ津は島原地方の布教の中心地だった。領主の有馬義直（後の義貞）は弟の大村純忠が洗礼を受けたことを知ると彼に宣教師の来訪をたのんだ。その結果、アルメイダ修士がここで布教することになったのである。アルメイダは山口から来てこの地方に住んでいた邦人医パウロの助けを借りて着々とその成果をあげていった。

もちろん、すべてが順調にいったわけではない。一時はこの切支丹たちも基督教を忌んだ有馬晴純（義直の父）から迫害を受けそうになったこともあったが、義直の努力で永禄六年頃には、ラテン語、祈禱、日本語を教える初等学校も出来、子供たちの歌う教会の歌が町にながれたと言う。

永禄八年（一五六五）から永禄十年は切支丹にとって口ノ津の春ともいうべき幸福な季節である。領主の義直自身も家臣三十人とこの口ノ津で洗礼を受け、その影響で彼の妻子、家臣、土民たちも次々と改宗するに至っている。領内の仏寺は次々と切支丹の教会に変り、西九州布教の中心地となった。

口ノ津はこうして切支丹の繁栄の町と変ると共に永禄八年頃からポルトガルの貿易港ともなった。永禄十年、トリエスタン・ワス・デ・ウェイガを司令官とするポルトガル船がこの港に来た時は既に二隻のポルトガル船が入港していたという。

そんな切支丹時代のものは今の口ノ津のどこにも残っていない。我々が見ることのできるのは、入江と岬と背後の山々だけである。それだけは往時の面影をとどめている。防風林の植えられた海浜にたった一つ、切支丹の蒲鉾《かまぼこ》型の墓が転っている。花十字のついたその墓に埋められた人は男なのか女なのかもわからない。誰も訪れぬその海岸にたつと海の音がきこえる。

だが口ノ津を偶然、訪れた人は玉峰寺をたずねることを忘れてはならない。この玉峰寺はかつて切支丹時代に教会があったところであり、ここは二つの意味で切支丹に興味ある者には忘れられぬ場所だからだ。

第一にここは切支丹史上で有名な巡察師ヴァリニャーノ師が天正七年（一五七九）宣教師たちを招集して「口ノ津会議」を開いた場所である。これは当時の日本布教方法について非常に重要な意味をもった会議だが一般の読者にはあまり興味がないと思う。

第二にここは切支丹迫害が慶長十七年頃からこの有馬地方に始った時の刑場になった場所でもある。

慶長十九年、ここでは七十人の信徒が五人ずつ呼び出され、撲られ、蹴られ、木に逆さづりにされ、指を切られ、額に十字架の焼印を押されて死んだ。中でもトマス荒木長右衛門は二時間も頑張った後に息たえ、また朝鮮から秀吉の征韓戦役で捕虜として連れてこられた朝鮮人の百姓ミゲルも殉教している。

私がその玉峰寺を訪れるたびに人影はいつも見あたらなかった。大きな楠の枝を通して海がみえる。左手は墓地になっている。その墓地がかつて切支丹が拷問、処刑された墓地と同じ場所なのか、どうかわからない。

フェレイラがこの口ノ津をはじめ、加津佐、有家、島原に来たかどうか私にはわからない。フェレイラが日本に着いたのは慶長十四年（一六〇九）であり有馬地方の迫害が始ったのは慶長十七年（一六一二）からである。したがってその迫害開始四年前のやや小康をえた間にフェレイラがこの島原地方に来たということも、ありえると思う。

有馬、日之枝城

もう私にとっては自分の故郷のようになった長崎である。『沈黙』を準備していた時、私はここを三カ月に一度は必ず訪れた。長崎から諫早をすぎて小浜《おばま》に至り、この小浜から島原を結ぶ海岸線をもう、どのくらい歩いたかわからない。長崎から佐世保、横瀬浦を経て平戸にむかうコースにも沢山の思い出がある。

だがこの二年、私は長崎に御無沙汰していた。私には次の作品の準備があったからである。

二年ぶりに来ると、長崎は随分、変っていた。土地の人は「相変らずです」と言うが、東京からこうして来ると、まず大村から長崎をつなぐあの国道周辺のうつくしい丘、うつくしい野がすっかり目茶苦茶に荒らされて工場やブルドーザーの犠牲になっている。

そして長崎の町もその周囲の山に随分、住宅がふえたことが目につく。

長崎に行くと私は必ず浜町のタナカヤさんという婦人服店に寄る。この一家とは『沈黙』執筆の頃に知りあってから、今では長崎の親類のような交際をしているからだ。

それと「とら寿し」——長崎の食通なら知らぬ筈はないこの寿司屋さんの御主人とはタナカヤさんの御紹介で知りあったのだが、私を可愛がってくれ、毎年、寄るたびにうまいものを作って食べさせてくれるのだった。

その主人も二年前に亡くなられた。到着の夜、すぐその寿司屋に飛んでいき、後を継がれた息子さんとしみじみ語りあう。味は昔のままである。この店には長崎に行かれた方は足を運ばれることを自信をもってお奨めする。

もう一つ、長崎から車で十五分の茂木にある「なぎさ」も私が必ず寄る家である。ここの庭から眺める海はうつくしいし、生づくりの料理はうまいからだ。

だが今度、行ってみると、その庭に刑務所の塀のような岸壁ができている。眺望は全くそのためにさえぎられている。

「どうして、こんな莫迦なことを」

私が怒ってたずねると、それは県庁の命令で聞き入れてもらえなかったのだという答えであった。役人の石頭とはどうにも仕方のないものだが、これはここのおかみさんが怒るようにあまり勝手で一方的な役人たちの押しつけというものだ。

二年ぶりでまわる小浜から島原までの海岸線にもこの県庁命令の刑務所の塀のような岸壁がつづいて、かつて私が三浦朱門と寝ころんでたのしんだ白砂もなくなっている。松の森も消滅している。そしてその岸壁のため、車を走らせても海を見るのが妨げられる。私は舌打ちばかりしていた。

加津佐をすぎ、島原の乱の原城跡を訪れる。ここもひどく変っている。昔日のいかにも原城らしい荒涼とした風景が俗悪な十字架やアスファルトによる公園化ですっかりこわされているのだ。話をきくと国体があった時、ここにお偉い方が来られるので、城の道もアスファルトにしたのだと言う。いい加減にしろという気持である。こういうものの保存の仕方に市や県庁の連中だけの趣味をふりまわされてはたまらない。なぜ長崎県の芸術家たちはこんなにうつくしい風景と歴史をもった自分たちの故郷を次々と破壊するやり方に反対しないのだろうか。私にはわからない。

だがさすがに私が今から書く日之枝城だけは昔のままだった。役人たちはこの城のもつ意味の大きさも歴史的な価値も知らぬから、無視してくれたのであろう。なまじここに変な十字架や知事の碑でもたてられては大変である。私は彼等の無知にこの時ほど感謝したことはなかった。

日之枝城と言っても十人中、七人の人は関心がないであろう。二人の人が、それは有馬村にあって戦国時代、有馬晴信、直純の城だったと知っているだろう。実際、一度の合戦も行われず、他の山城のように悲劇的な運命をもたなかったこの城を訪れる人はほとんどなく、このあたりを旅する人は島原の乱の原城はたずねても、ここに眼をむけることもしないであろう。

私自身ももし切支丹を多少とも勉強しなかったなら、この荒廃した城に杖を引かなかったにちがいない。だがその時代の宣教師たちの通信文や切支丹学者の研究論文を小説の準備でひもといているうちに、私は初めてこの城が日本の文化の上でどんな大きな意味を持っているか知ったのである。

日之枝城は別称を火の江城とも書く、大類伸先生が編集された『日本城郭全集』によると次のようになる。

「順徳天皇の建保年間に有馬氏先祖経澄によって築かれたと伝えられる。天正八年六月、日本視教官、ヴァリニャーノは有馬晴信の許可を得て、日本最初のセミナリヨを当城の本丸下に建てた。十五歳前後の少年たちが日本の文法古典やラテン語、キリシタン教理などをここで学んだ。

永禄年間（一五五八―七〇）有馬義直の頃、口ノ津の貿易港として外国相手に盛んに貿易をやった。また義直の子、晴信も、大村大友らとともに九州キリシタン大名の一人として活躍したので日之枝城下には教会堂やコレジヨも建ちならび、外人宣教師や貿易商人が来往した」

この箇にして要をえた説明はもう少し詳しく語る必要がある。

小浜から加津佐、口ノ津、有馬を経て島原にむすぶ海岸線は今こそ人々の訪れぬひなびた漁港と美しい入江しかないが、これは日本の文化史上、重大な地域である。我々日本人がはじめて西洋と接触したあの切支丹時代、ここはその門戸となり、文化の吸収地となり、最も新しい学問や技術が移入され、受け入れられた場所だったのである。

一五六三年、大村からアルメイダ修道士がこの地方に布教に来ると、口ノ津を中心に切支丹に改宗する日本人は次々とふえ、教会もでき、またここにポルトガルの船も寄港するようになった。

領主有馬義直がアルメイダを日之枝城に招いて基督教の教理を学び一五七六年に洗礼を受けてから、信徒の数は急速に増加し、その数は二万人にも達したと言われる。アルメイダはまた外科医でもあったので、ここに病院をたて、山口から来た日本人の医者パウロと共に領民の治療にあたっている。

彼はまた、ここに小学校を作り信者の子供たちの教育を行なった。

義直の子、晴信は父の死後、一時は切支丹を禁圧したが、やがて口ノ津に上陸した巡察師、ヴァリニャーノに敬服して基督教に改宗してからは更に信者は増加、教会は四十五、領民七万五千のほとんどが信徒となったと言われている。

教会だけでなく宣教師たちはこの切支丹の中心地に学校を建てることも忘れなかった。学校はセミナリヨ（小学校）とコレジヨ（大神学校）の二つがあり、有馬の日之枝城のそばにはセミナリヨが一五八〇年に作られ一五九〇年には加津佐にコレジヨが建てられている。

加津佐のコレジヨは日本で最初の印刷機が据えられた場所である。この金属印刷機は巡察師ヴァリニャーノが、ヨーロッパに派遣した有名な天正の少年使節が持って帰ったもので、聖人伝抜萃ともいうべき『サントスの御作業のうち抜書』という本はこの機械で印刷された日本最初の翻訳文学であり、現在、英国ボードレリアン文庫に所蔵されている。ヴァリニャーノはこの印刷機で更にセミナリヨやコレジヨの教科書、宣教師のための文法書や辞書や信者の修業書を印刷させて布教の促進に役立てたのであった。

こうしてこの地域の中心地、口ノ津と日之枝とは九州のみならず、日本における西洋文化摂取の重要な基点となった。印刷術や医学だけではなく、日本の若い青年たちはここでラテン語を学び、西洋演劇をやり、西洋美術を学んだ。当時ここにいたフロイスはその年報に次のように書いている。

「この二年の間、彼等（日本人学生）の修業は一段と進歩したり。彼等はラテン語を愛し、ある者は活字を彫り、版画を刻むことを学び、またある者は凡ての楽器の弾奏を習えり」

当時の日之枝城は教会や病院を城下町にもち、セミナリヨからはオルガンやクラヴサンの音がながれ、油絵を描く少年の姿も見られ、文字通り、文化の中心地だったのである。

だが今日、その日之枝城の跡にはそうした面影をとどめる何も残っていない。私がこの城跡をたずねるのは今度で三度目だが、原城のように急速に役人たちの手で俗悪化されてもいないし、訪れる人の人影を一度も見たことはない。有難いことである。

北有馬の部落の山寄りに小さな立札で日之枝城と書いてあるが、それさえ眼に入らぬくらいで、出来ればこの立札さえ、ないほうがいい。山側に建った農家の裏庭から細い道が山にのぼる、道には往時を偲ぶ石畳が残っている。だが山は畠になっていて現在は土地の吉村砂市さんの所有地である。

戦国時代の山城は実際どんなものだったか私には今でもよくわからないのだが、この日之枝城については、幸いにもそこを訪問したあるスペイン商人の記録が残っていて、私はそれを読んでから大体、想像することができた。

「この王国で私が初めて見た珍しい家は一五九五年、有馬の家の殿の城中であった。この家は城の中にあって殿の住居であった。私たちは地面から四パルモ（一パルモは二十七センチメートル）高い廊下へはいったが、それは幅八パルモの板張りの廊下でここで靴をぬぐ、それから広間に入ったが広間の長さは二十バーラ、幅十バーラ（一バーラは八十四センチ）であった。この広間の床はえんじ色のびろうどの縁をつけた畳がしきつめてあった。天井は白い檜で何の飾りもなく紙のすべり戸（襖のことならん）には金色やひどく薄い青色を使って何千という薔薇の花やまるで本物のような遠景の山。冬をあらわしたものでは雪をかぶった山脈。あるものは夏景色を、あるものは自然のままの木々を、あちらでは鷹を、こちらでは小鳥を、そちらの戸には二頭の鹿、その鹿の間にはまるで本物そっくりに実に巧妙に描かれた草が描いてあるのだから、すばらしい魅力と悦びを与えてくれた。

この広間の戸をあけてくれたが、襖の数は二十枚で一方に十枚、片方に十枚あった。そして目の前の襖を開くと今の広間よりも更に美しい次の広間が現われ、そこから殿の子息が出てこられた。これはミゲルと呼んで七歳か八歳ぐらいの可愛らしい少年だった（この少年は晴信の子直純なり）。彼の父（晴信）は当時、朝鮮にあったので少年は丁重に私を迎えてくれた。彼といっしょに養育係の二人の老武士と奉行とがいたが、この人たちは敷居の上にひざまずいていた。

広間から海がみえた。広間の右側には更に別の広間があって、これは庭に面していた。これは四十バーラ平方ぐらいで、小さいながらまことに優美、実に風情のある小さな木々が沢山あり、まだ三月なのに木々には花をつけているものもあった。池には幾羽かの鴨が泳ぎ、手もとにやってくるほど馴れていた」（岩波版、大航海時代叢書、アビラ・ヒロン、『日本王国記』会田由氏訳）

アビラ・ヒロンはスペインの商人だがこのあと彼は更に数々の部屋や庭に面した晴信の奥方の一戸建ちの邸や茶室、厨を見物している。これはおそらく日之枝城内にあった有馬晴信の館だけの描写であるが、多少の誇張はあるにせよ、大体の規模はわかるだろう。

ヒロンの『日本王国記』を読んで以来、日之枝城のあった山にのぼるたびに、私は息ぎれに苦しみながらも、いつもこの描写を思いだす。ヒロンが登った道はここだったのだろうか。ヒロンがたずねた館はどこにあったのだろうか。

日之枝城跡には本丸のあった場所に小さな石の祠が立って天狗が祭られている。ヒロンが広間から見た海はその頃、現在の場所よりももっと近くで今の橋口部落のあたりまで海水が入っていたと言われている。

この日之枝城の中に有馬のセミナリヨがあったと言われ、南有馬の郷土史家、浜口叶氏の説では本丸にむきあった雑木林の下がその場所だという。

もっともその頃の宣教師たちが「城」と書く時は我々はよく注意せねばならない。我々、日本人にとって城は城下町を含んでいないが、西欧人にとって城とは城下町をふくんだものを指すことが往々にしてあるからだ。西欧の城を見た人はすぐ気づかれるであろうが西欧の城はその城壁の内側に住民の家を含んでいるからなのである。時には町の外廓に城壁がある時もある。

だから「城の下」とか「城のすぐそば」と宣教師が書く時（たとえば加津佐のコレジヨの位置について宣教師たちは「城のそば」と書き、有馬のセミナリヨについて「城の下」と言っている）、それが日本人の言う城のそばか下なのか、外人の言う城のそばか下なのか判定がしにくいのである。

浜口叶氏の有馬セミナリヨの推定はこのほか、このセミナリヨが当時の仏寺を改造したという説とこの土地の古い地名とに従っておられるので、誤りがないであろう。

起床と祈り	4時半
ミサ	5時—6時
独習	6時—7時半
教師とラテン語	7時半—9時
食事・休養	9時—11時
日本語の読み書き	11時—2時
音楽	2時—3時
ラテン語	3時—4時半
夕食・休養	5時—7時
復習	7時—8時
反省と就寝	

勿論、今日、そのセミナリヨの面影を残すものは何ひとつ残ってはおらぬ。

私は山の斜面に寝ころび、樹々の枝のむこうの青空とその青空をながれる白い雲をじっと眺めた。しかし山城を訪れるたびに私は感傷的になる。感傷だけではなく、もうひとつの表現しにくい感情に捉われる。その感情とは——おそらく小説家の気持なのかもしれぬが——そこに生きた人々を自分の上に重ねたいという心である。

切支丹学者たちの綿密な研究のおかげで（特に吉川弘文館発行、『キリシタン研究』第十一輯）この日之枝城内のセミナリヨの情況は大体私にはわかっていた。「正面は有明海に面し、広い運動場や海水浴場まで考慮され」ていたという。この有馬セミナリヨは一五八〇年の四月三日に日之枝城主有馬晴信からかつて寺院だった建物とその地所を宣教師がもらって開校したものである。この年は生徒の数は二十二名だった。

授業課目をみると「ラテン語」「倫理学と哲学」「日本文学」「音楽（オルガンや合唱、

クラヴォ、ギターなど）」がある。それらを教える教師は必ずしも外人宣教師だけではなく、日本人の教師もまじっていた。

その時間表も厳格で右のようなものであった。

ここで教えた教師の名も、ここで学んだ生徒たちの名も、そして経歴も、私はかつて文献で読んだことがあった。山の斜面に寝ころび、私は記憶の中から四世紀前に、今、私が寝ている場所で生活した彼等の幾人かを思いだそうとする。

カルロ・スピノラ神父（伊太利人）

一五六四年に生れ一六〇七年、日本に上陸、有馬のセミナリヨにて日本語を学び、後に一六二八年に逮捕され、大村、鈴田の牢に投獄され、四年後、長崎で処刑さる。

ジョヴァンニ・ポルポ神父（伊太利人）

一五七五年、ミラノに生れ、一六〇四年日本に渡来、一六〇六年から七年の間、有馬セミナリヨにて修辞学を教える。島原の乱後、仙台地方にいたが捕えられて拷問、棄教したと伝えられる。

ヴィンセンテ・リベイロ神父（ポルトガル人）

一五七七年、オエラスに生れ、若くして日本に来た。有馬セミナリヨでラテン語と音楽を教えたが一六一四年、マカオに追放される。

伊東マンショ神父

一五七〇年、日向に生れ、十歳の時、受洗。受洗後、ここ有馬のセミナリヨに入学、十三歳の時に天正少年使節の一員としてヨーロッパに渡る。帰国後、有馬のセミナリヨの助手として働き、後に司祭となる。一六一二年、長崎で死亡。

ディオゴ結城修士

一五七五年、河内で生れ、勉学のためマカオに渡り、後に有馬セミナリヨでラテン語を教える。一六三六年、大阪で逮捕されて長崎に送られ拷問の結果、死亡。

シストン伊予修士

一五七〇年、伊予に生れ、有馬セミナリヨにて六年間、ラテン語を学び、修学後、本校の教師になる。一六三三年、伊予で捕縛され穴吊しの刑にて死亡。

私は次々とこのセミナリヨで教えた人、学んだ人の経歴を思いだす。彼等の生涯の終りはあらかた、追放か、拷問か、処刑死か、棄教の四つできまる。文字通り悽惨な晩年がそこに待ちうけていたのだ。

太田アゴスチノ。ラテン語第三級生。壱岐の島で斬首。

石田アントニオ。ラテン語第一級生。雲仙地獄で硫黄責めにあい、後、西坂で火刑。

辻トマス。ラテン語第一級生。後に長崎で火刑。

だがこの人たちが住んでいた時、この有馬のセミナリヨは、もっとも静かで、もっとも平和だった時代である。それは切支丹迫害がそれほど峻烈にならなかった時期だったからだ。

今、私が眺めている海はその時もこのように碧く光り、砂浜は眼にしみるほど白く拡がり遠くに原城があり、入江はもう少し間近であったから、そこを渡る舟もはっきりと見えただろう。砂浜は生徒たちの運動場だったから彼等はそこでたのしく遊んだのである。この城のすぐ下に当時の有馬の町があったから、藁ぶきの家臣たちの家は濠でかこまれて、手前にあり、細工師や職人の漁師の家はそれをはさんで左右の地域に拡がっていたにちがいない。加津佐や口ノ津から来た宣教師がその道を歩いてこの城にのぼってくる。子供たちがそのあとからついてくる。

それらのものはすべて今は存在しない。彼等の子孫さえ、今の北有馬にはいないのである。なぜなら、ここの住民のほとんどはやがて原城での烈しい島原の乱にまきこまれて死んでしまい、後にここに移住させられたのは主として小豆島の農民だったからである。

城主、晴信はやがて岡本大八事件に連座して遠く甲州で死んでいく。その息子は日向に転封される。切支丹の武士たちもやがて拷問をうけ、次々と死ぬか、主人に従って棄教する人生をたどる。そして城中にあった有馬セミナリヨの教師も生徒もやがて切支丹迫害の嵐のなかで一人、一人、自分の運命をえらんでいったのである。

城の廃墟もこのただ畠と石垣しか残っていない——しかし日本の文化史上欠くべからざ

る一点だったこの城の跡がいつまでもこのままに残ることを、ただ、誰にも知られずに残ることを願うのは私の利己主義であろうか。

雲　仙

雲仙行きのバスの中で牛乳を飲みながら、雨のふる海をぼんやり眺めた。海は海岸通りの真下に、冷えた波をだるそうに打寄せている。

バスはまだ出発しない。予定の時間はとっくに過ぎているのだが、長崎から廻ってくる接続車が到着しないので運転手はバス・ガールと無駄話をしながら一向にエンジンをかけようとしなかった。それでも辛抱強い乗客たちは別に不平も言わず、窓に顔を押しあてている。雨の中を旅館から借りた傘を斜にさして丹前姿の湯治客が霧雨の中をつれだって歩いていた。土産物屋では貝がら細工や、温泉羊羹などを店先に並べているが、誰も買うものはいない。

(伊豆の熱川に似ているな)と能勢は牛乳瓶の蓋をしめながら舌打ちをした。(いやな風景だ)

九州の西端のそんなありふれた町までわざわざ尋ねてきた自分が少し可笑しかった。本当を言えば、彼は切支丹の殉教者たちを数多く出し、島原の乱にもその村民が参加したというこの小浜を、東京にいる時はこんな俗っぽい町だとは想像していなかったのである。

切支丹の歴史を調べているうちに、能勢は寛永年間に多くの信徒たちがこの小浜から、雲仙にむけて登っていったことを知った。イエズス会の司祭が当時「日本で最も高い山の一つ」と言った雲仙の地獄谷は切支丹に責苦を与える絶好の場所になったからである。寛永六年以後になると、当時、長崎奉行だった竹中重次は長崎の信徒もこの温泉地獄で責めることに決めたため、一日に六、七十人の受刑者が数珠繋ぎとなってこの小浜を通り山につれていかれたこともあったと言う。

そんな血なまぐさい歴史は今、のんびりと客があるき、流行歌がスピーカーを通して流れている町には何処からも感じられない。しかし、三世紀前の今日と同じ一月、霧雨のふる日に能勢が今から、その足跡をたどろうとしている「男」もたしかにこの小浜から山にむかって登っていったのである。

バスはやっとエンジンをかけ町を通過していった。二階建て三階建ての日本旅館がしばらく続き手すりに両手をかけて、こちらを見おろしている男たちの顔がみえる。人のいない窓にも白や桃色の手拭やタオルがかけてある。だがやがてそうした宿屋がつきると、山にかかる道の両側に古びた石垣や藁屋根のつぶれたような農家が眼につきはじめた。

能勢はそうした農家や石垣があの頃あったか、どうかは知らなかった。あの男ももちろん信徒や警吏が登った道も、この道かどうかもわからなかった。だが彼等が今、能勢の眼にしている灰色の雲に覆われた雲仙の山を時々、たちどまりながら眺めたことは確かだった。

彼は東京から持ってきた本の中に、この雲仙での殉教をローマに報告したイエズス会通信文集を入れてこなかったことを、今更のように口惜しく思った。どうしたことか鞄の中に放りこんだ本の中にはこの旅行には必要でないコリヤドの『切支丹告白集』がまじっていたのだから迂闊な話だった。

登るにつれて少し冷えてきたバスの中で、乗客たちは、小浜で買ってきた蜜柑の皮をむきながら、時々、バス・ガールが歌うようにしゃべる説明を、気のなさそうな表情できいていた。

「ごらん下さいませ」と彼女は作り笑いを懸命に浮かべて言った。

「もうすぐ曲りますあの丘に大きな二本松がございます。この二本松のあたりから昔の切支丹は今一度、小浜の村をふりかえって懐しんだと申します。見かえりの松とその後よばれている松でございます」

コリヤドの『切支丹告白集』は一六三二年にローマで上梓されたのだが、一六三二年といえば、あの島原の乱が始まる五年前だから幕府の切支丹弾圧がいよいよ苛酷になってきたとしてもまだ辛うじて、澳門《マカオ》やマニラから、ポルトガルや伊太利宣教師が日本に上陸できた頃だった。『切支丹告白集』はそうした宣教師のために日本語文典の応用篇として編まれた本だが、元来カトリック司祭は信者が彼にだけ打明けた心の秘密を如何なる事情があっても洩らしてはならぬことになっているのに、なぜ日本信徒の告白をコリヤド師が発表したのか、能勢にはよくわからない。

しかし、この本を読んだ夜、能勢は、他のいかなる切支丹史よりも自分の心情にふれえたような気がした。能勢が手に入れたさまざまの切支丹史には、信仰に燃えた教父や信徒や殉教者たちの行為だけが賛美の言葉をもって、つづられていた。それはどんな責苦や拷問にも屈せず自分の信念と信仰とを守った人々の歴史だった。

(俺はとても、こういう人々の真似はできない)

と能勢はそのたび毎に溜息をついた。子供の時、家族ぐるみ洗礼を受けさせられた。いろいろな紆余曲折は経てきたが、四十歳の今日まで、まだ棄教もせずに生きてきた。しかし棄教しなかったというのは彼の意志や信仰が強固であるためではない、むしろその反対に能勢は自分のだらしなさやどんなに卑怯で弱虫かもたっぷり知っている。長崎や江戸や雲仙で迫害をうけ、華々しく殉教をした昔の信徒たちと自分との間に越えることのできぬ距離があると思う。どうして彼等はみな、ああ、強かったのだろう。

切支丹のなかで能勢はいつも我身と同じような人を探した。しかしそこに語られている人物たちには、彼のような人間は一人もいなかった。ただ『切支丹告白集』の中でコリヤドが名前も伏せて伝えている男だけが、能勢と同じような薄弱な意志やまずしい節操を持っていたからである。古本屋でふと見つけたこの本を関心もそれほどなく頁をめくっているうちに、三百年も前、司祭の前に駱駝のように跪き幾分、自暴自棄と自分の汚なさを曝けだす快感にかられた姿が次第に能勢の心に浮かんできた。

「ゼンチョ（仏教徒のこと）のところに久しう居りましたれば、その宿の亭主と隣りより切支丹と見知られまい為に、それを伴いたいて、たびたびゼンチョの寺へ行って、ゼンチョなみに誦念もいたしました。また再々ゼンチョ神仏を賞美せらるる時、我も頷いて言葉でもなかなか御尤もじゃと深い科を犯しまらした。これは何度でござろうと覚えませねど、大略二、三十度《たび》ほど、せめて二十度あまりであっつろうと思いふくみました」

「またゼンチョと転び切支丹と、互いに切支丹の事をそしりあざけり、デウスに対しても悪口を吐いていらるるところへ、我がつきあうて、その物語をば叶いながらも、やめさせまらせいでもどきもいたさいでござった」

「又、此中、将軍様の御法度に従って、その奉行都より下られて善悪、此の辺《あたり》の切支丹衆を転ばせうとて皆に判も据え切支丹の行儀をさしうけ、せめて表面《うわべ》なりとも転べと頻りに勧められたに依って、我等が女房子供の命を逃れうずるために、終に口ばかりで転ろびまらした」

男がどこで生れ、どんな顔をもっていたのかもちろんわからない。おそらく武士だったことは、なんとなくわかるが、しかし、誰の家来だったかは調べることもできぬ。自分の告白が、こうして異国で印刷され、ふたたび日本人の手に戻って、能勢のような男に読まれるとは彼も生涯、想像しなかっただろう。しかし、能勢にはその男の顔はわからぬが表情の動きだけは摑めるような気がした。もし自分が同じ時代に生れあわせていたならば、男と同じように自分が切支丹であることを知られないために、仏教徒に誘われれば寺にも参ることぐらい平気でやったろう。誰かが切支丹信仰のことを悪しざまに罵っても眼を伏せて、知らぬ顔をしていたろう。いや、転べと言われれば、自分や妻子の命を全うするために、転び証文さえ作ったかもしれない。

今まで雲仙の頂上を覆っていた雲にほんのりと微笑がさしてきた。ひょっとしたら晴れるかもしれぬなと彼は思った。夏ならばドライヴの車が列をなして往復しているにちがいないこの舗装道路を彼を乗せたバスだけが時々、喘ぐような音をたてて登っている。枯れた雑木林がさむざむと拡がっている。その雑木林の中に雨にぬれ戸を閉じたバンガローの群が押しだまって並んでいる。

「殉教など君、虚栄心だよ」

それは、新宿のある飲屋の隅だった。塩汁《しょっつる》という秋田の鍋料理が、酒のきたなくこぼれた卓子の上で煮つまっていた。その煮つまった塩汁を前にして先輩は、能勢が最近書いた小説の主人公を批評していた。小説は明治の初期における切支丹殉教を素材にして書いたものだったが、先輩は殉教という心理をそのまま、能勢のように鵜呑みにはできぬと言う。

「殉教などをしようとする気持にはとどの詰り虚栄心があるよ」

「ええ虚栄心もあるでしょう。英雄になりたいという気持も狂気もあるでしょう。しかし……」

能勢は黙ったまま杯をいじった。殉教の動機の中に英雄主義や虚栄心をみつけることはやさしい。しかし、そういうものを除いた後にも、まだ残余の動機が存在する。この残余の動機こそ、人間にとって、大切なものではないのか。

「それに、そう言う見かたをすれば、すべての人間の善意も行為の裏側にもみな虚栄心や利己主義が見つけられます」

小説を書きだして十年、彼はすべての人間の行為の中にエゴイズムや虚栄心などを見つけようとする近代文学が段々、嫌いになってきた。水が笊からこぼれるように、そうした人間の視かたのために我々は最も大事なものを喪っていったのではないか。

枯草と枯れた林の間を曲り折れながら頂上にむかって登っていく道に、かつて数珠つなぎにくくられた一群が歩いていた。彼等の心には虚栄心もあったろう狂気もふくまれていたろう。しかし別の心も含まれていたはずだ。

「たとえば戦争中の右翼なんかには一種の殉教精神があったろう。なにかに酔うという感情にはどこか不純なものが感じられてね。やはりこれも戦争を経てきたものの気持かな」

ひえた酒を口にふくみながら先輩は笑った。能勢は自分とこの人とのどうにもならぬ誤差を感じて、一種、諦めの微笑をかえすより仕方がなかった。

やがて、山の中腹のあたりに湯気のように白い煙がたつのが見えてきた。窓はしまっているのに硫黄くさい臭いがかすかに感じられる。煙のたっているあたりは、乳白色の岩や砂がはっきり見える。

「地獄谷ですか。あれが」

「いいえ」バス・ガールは首をふった。「地獄谷はもう少し奥です」

雲は少し割れてほのかだが青い空が覗いた。今までエンジンの音を軋ませながら喘ぐように山を登っていたバスが急に一息を入れて速度を増しはじめた。道が平坦になり、下り坂となったのである。ハイカー用のためであろう地獄谷と書いた矢じるしがもう葉の落ちた林の樹に見えた。レストハウスの赤い屋根もあらわれた。

あの『告白集』の男がこの地獄谷に来たかどうかは能勢は知らない。しかし別の人物の姿が前の男の影像に重なって今、能勢の眼の前を背をまげてうなだれながら歩いている。新しい男のことはさっきの人物よりも、もう少し、はっきりと伝わっている。それは一六三一年の十二月五日にこの地獄谷で七人の司祭と信徒が拷問を受けた際である。彼の名はキチジローと言った。この男は、自分の面倒を見てくれた司祭たちの運命をここまで見にきたのである。彼はとっくに転んでいた。だから同じように見物に集った群集の中にまじってキチジローもまた背のびをしながら役人たちの加える残酷な罰を目撃できたのだった。後になって遂に拷問に屈し日本切支丹史に一点の汚名をつけたといわれるクリストヴァン・フェレイラ師がこの時の生々しい情況を本国あてに報告している。七人の信徒たちは十二月二日の夕方、小浜の港につくと、終日、山に登らされた。山には幾つかの小屋があり、その夜は七人はその一つに足枷と手錠をかけられたまま入れられた。そして夜のあけるのを待ったのだった。

「十二月五日、拷問は次のようにして始まった。七人は一人ずつ、煮えかえる池の岸に連れていかれ沸き立つ湯の高い飛沫を見せられ、信仰を棄てるように命ぜられた。大気は冷たく池からは濛々と熱湯が湧きたち、神の助けがなければ、見ただけで気を失うほどであった。全員は、拷問にかけよ、自分たちは信仰を棄てぬ、と叫んだ。警吏はこの答をきくと、四人の着物をぬがせ、両手、両足を縛って、四人で押えた。それから半カナーラ（四分の一リットル）くらい入る柄杓で沸き立つ湯をすくい、それをゆっくりと三杯ほど各人の上に注いだ。七人の信徒のうち、マリアとよぶ娘が苦痛のため気を失って大地に倒れた。三十三日の間、彼等はこの山で各々、六回このような拷問をうけたのである」

バスが止まり、乗客の一番あとから下車すると冷たく張った山気になにか腐ったような悪臭が鼻をつきあげてきた。白い湯気が林に包まれた谷から風にのって道路まで流れてくる。

「写真は如何。写真は」

大きな写真機を三脚の上にのせ若い男が能勢に呼びかけた。

「郵送費はこちらで持ちますよ」

路ばたには「うで卵」と下手な字をかいた紙をぶらさげて籠に卵を入れた女があちこちに立って、これも大声で客に呼びかけてくる。

彼等の間をぬけて、能勢たちは谷の方角に歩いていった。灌木に覆われた地面はほとんど白っぽい、皮膚の皮をつるりとはいで肉の表面をみせたような色である。湯気は相変らず、むこうの林から腐ったような臭いをふくんでこちらに流れてくる。細い道が、泡立つ熱湯の泉の間を縫って曲りくねっている。どろっと白く壁土のように静まりかえった噴出孔池もあれば、ぶつぶつと不気味に細かい泡を吹きだしている池もあった。硫黄が流れて作った丘のところどころに赤く焼けただれた松の樹がころがっている。

さきほどの乗客たちは、うでた卵を紙袋から出して、それを頬張りながら蟻のように列を作り進んでいった。

「来てごらんよ。小鳥ば死んじょるから」

「ほんとな。ガスに当たって窒息したとじゃろね」

これらの拷問をキチジローとよぶ男が見ていたことだけは確かである。彼がなぜ見に行ったのか。仏教徒の見物人たちのように、そこで刑をうけている信徒や司祭たちを見物するためか、どうか、全く摑めない。このキチジローについてわかっているのは、彼が「女房子供の命を逃れうずるために」役人衆の前で転宗を誓ったことだけだ。それなのに彼は七人の切支丹たちのあとをついて、長崎からわざわざ、小浜まで歩き、更に寒気烈しい雲仙までとぼとぼ登ってきたのである。

能勢には、その時、人々の背後から、犬のように怯えた眼をして、かつての自分の仲間の姿をそっと眺め、恥ずかしそうな眼をそらしたキチジローの表情を思い描くことができる。その表情は自分のものだと思う。少くとも不気味に泡だつこの池を前に、後手にくくられたまま、毅然として立つことさえ能勢にはとてもできることではなかった。

一面が白く展《ひろが》ったと思うと、今よりも、もっとすさまじい蒸気が流れ悪臭のこもったガスがにおってくる。前にいた母親がしがみつく子供をかかえながら足すざりをしている。ここより以上は危険と書いた立札が粘土の中に深く差し込まれ、その札の周りに三羽の雀の死骸がミイラのように転がっていた。

切支丹たちが拷問をかけられたのはここにちがいない。霧のように移動する蒸気の割目の向うに十字架が黒く姿をあらわした。ハンカチで口を覆い、立札すれすれに立って、足もとを見おろすと、白い濁った熱湯は眼の前で大きな泡を立てながら煮えたぎっている。ほかに足場がないから、信徒たちは今、彼が立っているような場所で拷問を受けた筈だ。そしてキチジローは、ここから大分離れた所——そう、今、ここまで来るのをこわがった子供が、母親と一緒に怯えたようにしゃがんでいるあのあたりで、見物人たちと、光景を眺めていたのだろう。許してくだされとキチジローは心の中で言っただろうか。もし、能勢がキチジローと同じ立場に立たされていたならば、ゆるしてくだされ、ゆるしてくだされと繰りかえすより仕方がなかっただろう。

「ゆるしてくだされ。わしはお前さまらのように殉教ばできる強か者でございませぬ。こげんな怖ろしか責苦を思うただけで胸がつぶれるような気がいたしまする」

もちろん、彼にも言いぶんがあった。たとえば自分が信仰自由の時代に生きていたならば、決して転び者にはならなかったろう。もちろん聖者にはなれなかったかも知れぬが、平凡に信仰を守る人間だったろう。ただ、不幸にも迫害の時代にめぐりあわせ、こわかったから棄教を誓ってしまったのである。人はみな、聖者や殉教者になれるとは限らぬ。しかし、殉教者になれなかった者は、生涯、裏切者の烙印を押されねばならぬのだろうか。そんな訴えを彼は同時に、自分を非難するような信徒たちにしたかもしれぬ。だがこの理窟にもかかわらず、彼はやっぱり心の痛みを感じ自分の弱さを憎んだだろう。

（転び者には、あなたらのわからぬ、転び者としての苦しさがございまする）

傷ついた小鳥のような歎きが、三百年を経た今日も能勢の耳に届いてくる。『切支丹告白集』の中にたった一行、書かれたこの言葉は能勢の胸に鋭い刃で切りつけてきた。それはまたキチジローが、この雲仙で拷問を受けている昔の仲間の姿を見た時、胸の底で叫んだ声だったにちがいなかった。

またバスに乗った。雲仙から島原までは一時間足らずである。やっと空には一握りほどの晴間がみえてきたが、相変らず寒かった。さきほどのバス・ガールが同じような作り笑いを浮かべて、歌うようにガイドをやってくれる。

雲仙の拷問に屈しなかった七人の信徒たちも今、能勢が山をくだるように島原にむけて、歩かされたのである。熱湯でただれた足をひきずりながら杖にすがり、警吏たちに背を突かれながら、この道をおりていくその姿が眼に見えるようだった。

キチジローは彼等と間隔をおきながら、おずおずとあとを従《つ》いていった。信徒たちが、疲れ果てて立ちどまると、遠くでキチジローも、驚いたように足をとめる。役人たちに疑われぬために彼は兎のように急いで茂みの中に、しゃがみこみ、ふたたび一行が歩きだすと起きあがった。それはまるで棄てられた女がなお男のあとから、とぼとぼ従いていくのに似ていた。

中腹から黒い海がみえた。乳色の雲が覆いかぶさるように海のむこうに拡がり、雲間から幾条かの弱々しい光の束がそこにさしている。晴れた日ならば、どんなに海は碧いだろうと能勢は思った。

「ほれ、向うに一点、染みのような島がございますが、今日は残念ながらよく見えません。

あの島は、かつて、島原の乱の時に、切支丹信徒の総大将、天草四郎が仲間の人たちと事を計ったという談合島なのでございます」

バス・ガールの説明に、乗客たちは、ちらっと興味なさそうな眼をその島の方向にむけた。だが、まもなく、雑木林が、今まで遠くに見えていた海をかくしてしまった。

その海を眼にしながら七人の信徒たちは、何を思っただろう。彼等はやがて自分たちが島原の刑場で処刑されることを知っていた。当時殉教した囚人の死体はすぐ灰にして海に投げこまれることになっていた。でないとその衣服や髪の毛などまで、ひそかに残存切支丹が聖物として崇めるからである。だから今、ここから海を遠望した時、七人の信徒たちは、あそこが自分たちの墓所になることを考えもしただろう。キチジローもまたこの海を眺めたが、彼には別の哀しみが――信仰の世界にも強者と弱者があり、強者は栄光に包まれるが、弱者は負い目を生涯、背負わねばならぬことを思っただろう。

一行は島原につくと牢舎に入れられた。一部屋三尺しかない天井で畳が一畳しいてあるだけの場所だった。この中に彼等のうち四人が放りこまれ、あとの三人もほとんど同じ狭さの場所に押しこめられた。刑の執行を待つ間、彼等はたえず励ましあい、祈りを続けていたが、一方、この間キチジローが島原のどこにいたのかはわからない。

島原の町は暗くひっそりとしている。バスが到着したのは小さな港の桟橋前だったが、そこには天草へ向う古船が一隻、寂しくくくられていた。岸壁をぴちゃぴちゃと叩く小波の上に、木片や埃がきたなく漂っている。猫の死骸が一つ、その間をまるで丸めた古新聞のように浮かんでいた。

町は海にそって細長く延びている。町工場らしい建物の塀がどこまでも長く続き、薬品の臭いが路にまで漂っていた。

能勢は復元したという島原城の方向に歩きだしたが、途中で二、三人の女子高校生が自転車にのって来るのにぶつかっただけだった。

「切支丹が処刑された刑場はどこですか」

彼女たちにそうたずねると、顔を赤らめて

「さあ、そげんなものあったとかしらん。あんた、知っとる。知らんとでしょう」

首をふっただけだった。

侍屋敷のあとという一角に出た。城の裏側にあたる場所に、細い路が縦横に走っていて、路の間に古びた土塀が続いている。路には、その頃の溝もそのまま残っていた。夕陽のおちた土塀のかげに夏蜜柑の実がのぞいている。いずれも古い暗い湿気の多そうな家ばかりだった。もちろん、これは徳川の末期の頃に建てられた身分の低い侍たちの家だったろう。島原の刑場で処刑された切支丹の数はかなりの数にのぼるが、牢獄がどこなのか書いた史料を能勢はまだ読んでいなかった。

道を引きかえし、しばらく歩くと流行歌のながれる商店街に出た。道幅は狭いがそれでもさまざまの店がならび、土産物屋までがあった。溝の水が、まるで清水のように清冽だ。

「刑場かねえ。知っとるよ」

煙草屋の親爺が、もう少し行けば池がある。池から更に真直ぐすすむと幼稚園にぶつかるが、その横が切支丹刑場の跡だと教えてくれた。

処刑されるという前日、どうした手づるを経てか、キチジローが七人の囚人たちに会いにいったことは記録に残っている。おそらく警吏たちに金をつかませたのかもしれぬ。

拷問でやつれ果てた囚人たちに、このキチジローは、わずかの食料を手渡すと

「キチジローさん、言いもどしは、なさったか」

囚人の一人が憐れむように声をかけた。言いもどしは一度転んだ者が、やはり自分は信仰を棄てることはできぬと役人に申し出ることである。

「言いもどし、なさったのちにここにたずねてこられたのか」

キチジローは、おどおどと彼等を見あげて首をふった。

「とにかくキチジローさん、この食物は頂くわけにはいきませぬ」

「なぜ」

「なぜと申しても」と囚人たちは悲しそうに口を噤んだ。「わしらはもう死を覚悟してますゆえ」

キチジローは眼を伏せて黙っているより仕方がない。彼にはとても、あの雲仙の地獄谷

で目撃したような拷問に耐えることはできない自分を知っていた。

「そげんにまで耐えしのばなけりゃ」と彼は泣くように呟いた。「わしらはハライソに行けんのじゃろうか。デウスさまはわしらのような者は見棄てなさるのだろうか」

教えられた通りに商店街を通りぬけると、池に出た。池の流れは水門によって遮られた後、地下をくぐって、町の溝を流れるようになっている。島原の町の水が清冽なのはこの池のあるためだと書いた立札を能勢は読んだ。

子供たちが遊んでいる声がきこえる。煙草屋の主人が教えてくれた幼稚園の庭で小学生が、四、五人、ボール投げをやっているのだ。夕陽は幼稚園のブランコや砂場に弱々しい光を投げ与えていた。葉のおちた薔薇垣のうしろを廻って、そこだけ枯れた只の林になっている刑場の跡に出た。

刑場と言っても、七、八十坪ほどの空地で、褐色の叢と塵芥の溜り場の上に松の樹がはえ茂っていた。能勢が東京からわざわざ九州まで来たのも、この刑場を一目でも見ておきたいからだった。いや、刑場を一目、みるというためよりは、ここにも姿をあらわしたキチジローの心底を、もっとはっきり摑んでおきたかったためだった。

翌朝、七人の囚人たちは裸馬に乗せられて島原の町を引きまわされた後、この刑場までつれてこられた。

「引きまわしの後、受刑者たちは、竹矢来で囲んだ刑場に到達すると馬からおろされ三米の間隔で並んだ柱の前に立たされた。その下には薪がもう積みかさねられて、上には海水につけた藁屋根がこしらえられていた。これは火が余り早く廻って殉教者たちが苦痛もなく死ぬことを防ぐためである。また彼等は柱にできるだけゆるく、縄でくくられたが、これは死ぬまぎわまで、体を動かして教を棄てたと叫ぶ自由を与えるためだった」と当時の目撃者がその時の模様を報告している。「警吏が、まさに火を薪につけた時、一人の男が役人の制止もきかず、柱のほうに走ってきた。彼はなにかを叫んでいたが、その声は薪の燃える火の音のためによく聞えなかった。その上、烈しい炎と煙とが受刑者たちに男が近づくのを遮った。役人は急いで彼をつかまえ汝も切支丹かとたずねた。すると男は怯えたように立ちどまり、自分は切支丹ではない、この人たちとは何の関係もない。ただこの光景に気が顚倒したのだと呟いてすごすごと立ち去った。しかし、人々は彼が見物人のうしろで手を合わせながら許して下され、許して下されと言いつづけているのを見た。柱を火が覆うまで七人の受刑者たちは歌を歌っていた。その歌声は自分たちが今、受けているむごたらしい刑罰とはおよそ似つかわしくないあかるいものだった。やがてその声が急にやみ、木の燃える鈍い音だけが聞えた。さきほどの男は、うなだれながら去っていった。みなはあの男も切支丹であろうと噂しあった」

能勢は刑場の真中に、そこだけ黒土がのぞいているのに気がついた。よく見ると、焼けこげた石が幾つか、その黒土の中に半分、埋っているのである。その石が三百年前、ここで火刑に処せられた七人の切支丹たちのために使われたのか、どうか、わからない。しかし、その石の一つを彼はそっと拾ってポケットにいれた。そして彼もキチジローと同じように背をまげながら、道の方に歩いていった。

弱者の救い
――かくれ切支丹の村々――

加津佐、口ノ津から島原をつなぐ海岸線を廻るたび、いつも余りに美しいこの山河に流れたおびただしい切支丹の血のことを考えざるをえぬ。そして今は悲しいほど荒《さ》びれたその海岸線の部落や町の一つ一つには信念を貫いた殉教者と、肉体的な恐怖に自分を棄てた転び者の人生があるのだ。

信念を貫いて教えに殉じた英雄たちは、後世の人々にほめ讃えられる。原城の一角にたって、澄んだ青空のなかに雲仙の山を眺める時、私は彼等が今、その空のどこかでこの海や島や丘をみおろしながら微笑んでいるような気がしてならぬ。苛酷な拷問や処刑にも決して屈しなかったその人たちは現世の苦しみのかわりに永遠の悦びを得たのである。

だがそれらの殉教者、勝利の人々の背後に多くの弱虫たちがうなだれている。弱虫たちはもし弾圧の時代に生れなかったならば今の基督教信者と同じようにおのが信仰をまもり、それに倖せを見いだしながら平凡に生きていけたであろう。けれども偶然が彼等をして、あの切支丹迫害の時に生れさせ、その結果、彼等は転び者、背教者としての哀しい運命をたどらざるをえなかったのだ。

弱者たちはその後、どのように生きていったのだろうか。

前に書いたようにこれら弱者については切支丹の文献はほとんど口を閉ざしている。腐った林檎をわざわざ世間に売る者はおらぬ。転び者と言われる棄教者たちのことを教会も歴史も沈黙の灰のなかに埋めている。しかし弱者も人間ならば、沈黙の灰の中から彼等をひろい出しその声を聞くのは文学である。長崎やその周辺を歩きながら、私はフェレイラをはじめとするそれらの棄教者の後半生を知りたいと思った。その時、私が気づいたのは五島や生月や長崎周辺の漁村に現在も残っている「かくれ切支丹」たちのことだったのである。

一　かくれ切支丹の性格

かくれ切支丹とは普通、全く信者が絶滅したと思われた鎖国下の徳川幕府の長い時代に、表面は仏教徒を装いながら、実は祖先から伝わった切支丹信仰を守った人々のことを指して言う。彼等の大半は五島や生月のように幕府奉行所の監視もない島々や辺鄙な外海地方の漁村に住み、その信仰を守っていた。もっとも五島藩のように彼等がかくれ切支丹であることを知りながらそれが発覚して藩自体が取りつぶしになることを怖れるあまり、それを進んで隠匿して知らぬ顔をしているところもあったのである。

かくれ切支丹たちは表面上は仏教徒を装いながら、事実上は禁教以前の信仰組織を継承して、宣教師や教会こそなかったが、日常の祈禱や洗礼式や祝日をひそかに守りつづけたのである。

それらのやり方については場所、場所によって多少のちがいはあるが、それぞれの役職をきめ（たとえば洗礼を赤ん坊に授けるお水役司祭の役をするおとつさま）父祖伝来の祈り《オラシヨ》を暗記し、子々孫々までその切支丹信仰が受けつがれるよう配慮した。

もちろん、もはや宣教師もなく教会も持たない彼等の信仰に呪術的なものや迷信、仏教や神道的なものが少しずつ混合して、本来の基督教とはかなり隔っていったことも確かだ。彼等はその信仰が外部に発覚しないようにたとえばお納戸神と称して祖先が持っていた聖母の画像や基督の絵をひそかにかくし、それを人知れず礼拝していた。また、もしその所有があきらかになれば当然、死罪になるロザリオや基督や聖母を彫ったメダイもかくし持っていた。

こうしたかくれ切支丹の組織や形態についてはここでは詳細にのべぬ。これらについての手頃な研究書は容易に求められるからである。

ただその頃、私がかくれ切支丹に興味を持ったのは二つの理由があった。第一は教会や宣教師という根を失った基督教が日本という風土のなかでどう変るか――それをかくれ切支丹のなかに考えてみたかったからである。西欧の風土や伝統のなかで育った西欧的な基督教が日本に布教された時、南蛮宣教師たちが日本にいる間は、日本切支丹信徒たちも基督教を自分流に屈折することは許されなかった。しかし鎖国によって全く根がたたれた時、かくれ切支丹たちは知らずして、切支丹の教えを自分たちに向くように変えていっていたのである。その無意識の変えかた、その屈折の仕方に日本人固有の宗教心理の秘密がないかと私は考えたのである。（このことについては、またあとで書く）

第二に私がかくれ切支丹に心ひかれたのは、彼等が転び者の子孫であるということであり、その上、彼等もまた殉教できぬ弱者だからである。

なぜなら彼等は少くとも年に一度は踏絵を踏まされた。踏絵を踏むことによって自分たちが仏教徒であり、禁制の切支丹を信仰していないことを奉行所に宣誓しなければならなかったのである。

一年に一度踏絵を踏まねばならぬことはこれらのかくれ切支丹に弱者としての負い目、哀しさを背負わすことでもあった。踏絵を踏んだ日、かくれ切支丹たちはその弱さを基督にわびる後悔の祈りを唱えたが、しかし、それによって裏切りの意識、卑怯者の気持は決してぬぐえた筈はない。彼等は世間にたいして怯えたが、それ以上に自分たちの弱さ、不甲斐なさを生涯、神にたいして味わねばならなかったのだろう。かくれ切支丹たちのもつ暗い影と暗い容貌は結局、この裏切りの意識から出ているのだと私は思う。

その時、これらの人々は救いをどこに求めたのだろうか。

フェレイラをはじめとする転び者の生涯を考える時、我々は当然、この問題にぶつかる。つまり転び者はどこに救いを求めたか。弱者たちはどこに救いを求めたかという問題なのだ。

その二点で私はかくれ切支丹に心ひかれるのだった。

フェレイラの影をさがして歩きながら、私は次第にかくれ切支丹たちに会ってみようと思うようになった。

二　浦上と大浦天主堂

そこで今こそ、口ノ津や加津佐をたずねたあと、ふたたび長崎に戻り浦上と大浦天主堂をたずねねばならぬ。

大浦天主堂は長崎をたずねた人のほとんどが見物する教会である。それはオランダ坂やお蝶夫人の像のあるグラバー邸のすぐ近くにあるので、長崎見物の高校生や新婚旅行の若夫婦たちがどんな日でもその前で写真をとったり騒いだりしている。もしその騒がしさが嫌ならば天主堂の横から人影のない石段を一人、のぼることをお奨めする。その石段をのぼりつめたあたりから見おろせる長崎湾の風景は格別うつくしいからである。

だが天主堂の門をくぐって、すぐ左に一人の宣教師の像があるのに気づかれるだろう。その像はこの天主堂に幕末から明治にかけて住んだプチジャンという仏蘭西人司祭のものである。

嘉永六年、ペルリの来航によって鎖国の夢を破られた幕府は次々と諸外国の要求に屈して通商条約を結んだが、同時に日本に住む外人のための教会を作ることも認めざるをえなかった。大浦天主堂は横浜天主堂と共に当時たてられた外人だけの教会だったのである。

この教会の司祭、プチジャン神父は見物にくる日本人のなかにかくれ切支丹がいないかを必死で探り、長崎の町を馬で散歩してはわざと落馬したり、子供に菓子を与えなどしてそれとなく切支丹の子孫を探してみたが、名のりでる者は勿論、教えてくれる人も一人もいなかった。居留外人には信仰の自由は認めても日本人には基督教は依然として絶対的な禁教だったから、当時の日本人は役人の目をおそれて口を閉ざしていたのである。

だがその年（一八六五年）の三月十七日、金曜日、プチジャン神父の努力は遂に報われた。その日の出来事をプチジャン神父は次のように書いている。

「昨日十二時半ごろ、男女小児の入りまじった十二名から十五名ほどの一団が天主堂の門前に立っていました。ただの好奇心から来たのとはどうやら気配がちがうので、私は閉めた天主堂の門を開き、聖所の方に進んでいきますと、連中もあとからついて来ました。……私がほんの一瞬祈ったと思うころ、年ごろ四十歳か五十歳ほどの女が一人、私のそばに近より、胸に手をあてて申しました。

『私たちは、みな、あなたさまと同じ心にてございます』

『ほんとですか。どこの方です。あなたがたは』

『私たちは皆、浦上の者でございます。浦上ではほとんどみな私たちと同じ心をもっております』

そう答えてから彼女はすぐ私に
『サンタ・マリアのご像はどこ』

とたずねました。

サンタ・マリア、このめでたい御名を耳にしてもう私は少しも疑いません。今、私の前にいる人たちは日本の昔の切支丹の子孫にちがいない。私はこの慰めと悦びとを神に感謝し、そして愛する人びとに取りかこまれてサンタ・マリアの祭壇の前に彼等を案内しました。

彼等は皆、私にならって跪きました。祈りを誦えようとするふうでしたが、しかし悦びに堪えきれず、聖母の御像を仰ぎみるや口をそろえ
『ほんとにサンタ・マリアさまだよ。ごらんよ。御腕に御子イエスさまを抱いておいでだ』

というのでした」（片岡弥吉氏訳）

この三月十七日のかくれ切支丹と宣教師の出合いという奇蹟的なる事件を日本のカトリック教会は普通、「信徒発見の日」と呼んでいるが、厳密に言えばこの浦上のかくれ切支丹たちの信仰も長い間の閉鎖期間のあいだに迷信的なもの、神道的なもの、必ずしも正当な基督教とはそぐわぬものも混じていたにちがいない。そのためプチジャン神父たちはその日から浦上のかくれ切支丹たちに改めて教理を教えきかせて、教会の教えに則していない効果のない洗礼を正しているからである。けれどもかくれ切支丹は浦上のような長崎のすぐ近くにさえかくれて、ひそかにその信仰を代々守りつづけ、遂に彼等の夢であった宣教師《パードレ》再来の日をつかむことができたのである。

こうして浦上の切支丹たちはその後、教会に復帰することによって本来の基督教信者に戻ることができた。

けれども当時明治政府は幕府と同じように基督教を禁教とする政策をとっていた。浦上信徒たちは最初は秘密裡にプチジャン神父たちと接触を保ちつづけていたが、やがて次第に大胆になり、聖徳寺事件（後述）を契機として信仰をあらわにしはじめた。そのため明治政府下の長崎奉行所の襲撃を受け、三千数百人の信者たちは、捕縛された後一八六八年から一八七〇年にかけて、萩、津和野、福山をはじめとして日本各地二十カ所に流されたのである。彼等は故郷から引き離された揚句、時には拷問をうけ、寒さや飢えに苦しんだが、その信念をつらぬき通した。

この信徒追放の事件は外国公使団を驚愕させ、これが端緒となってやがて日本人にも信仰の自由がみとめられ、明治六年の二月、二五九年ぶりに切支丹迫害に終止符がうたれた。(浦上の信徒発見やその追放に関しての手頃な本としては片岡弥吉氏の『浦上四番崩れ』〔筑摩書房〕をお奨めしたい)

大浦天主堂はその意味でも信仰の自由という日本近代化の史蹟としても旅人は訪れる必要がある。現在の大浦天主堂は補修が加えられ、往時のものとやや外形がちがうが、内部はそのままである。ゴシック様式とバジリカ様式をかねたこの教会は、日本人の大工が、フューレ神父やプチジャン神父の指図をうけながら作ったものである。私は大浦天主堂の内部は日本の教会のなかで一番うつくしいと思っている。昔の日本の大工の素朴な、しかし念の入った仕事の跡が柱や棟の一本一本にうかがわれる。それは実に美しい。

正面の右手祭壇に現在も一つの聖母像がおかれている。その聖母像こそ、浦上村の女がプチジャン神父に

「サンタ・マリアの御像はどこ」

とたずねたのち

「ほんとにサンタ・マリアさまだよ」

と言ったものなのである。

かくれ切支丹たちの村、浦上は今日、もう村の面影は全くない。彼等信徒がかつて祈っ

たべアトス様の墓や十字架山は今でも見られるが、浦上は長崎の外廓の住宅地として全く変貌しつつある。そこに長いかくれ切支丹の里を見にいけば、きっと失望するだろう。

ただ長崎駅から、浦上に向って少し進むと右手に聖徳寺という寺がある。この聖徳寺は浦上村の檀那寺であり、先ほど、一寸触れたように、この寺で浦上信徒の者たちが仏式の葬式をあげることを拒絶したことから、彼等の基督教信仰が奉行所に発覚した問題の寺なのである。

長崎の人に聞くと浦上村というのは昔、長崎市民から一種、蔑みの眼で見られていたらしい。それはおそらくこの村が貧しい上に、禁教切支丹をひそかに信じていることが、ほのかにわかっていたからかもしれぬ。

だがその蔑まれた小さな村の受難の歴史は私には非常に興味がある。村民は徳川幕府の時代から明治にかけて切支丹であることを四度発見され、その都度、迫害をうけている。にもかかわらず、彼等は表面、屈するように見せかけながらその信仰を遂に棄てなかった。そして先にも書いたように、近代日本に信仰の自由をもたらす最初のステップの役割さえしているのである。

その意味で浦上は受難の村である。そして受難と試練の村に最大の悲劇がもたらされたのは、他でもない第二次大戦の終りだった。周知のように小倉に向う筈だった米国のB29が天候の理由で進行方向をかえ、長崎に原子爆弾を落した時、その落下地点は浦上村の真上にあたっていた。浦上の天主堂は一瞬にして瓦礫となり、中にいた多くの信者たちは全員すべて倒れたのである。

　浦上に行くたびに、この皆に蔑まれたという村が近代から現代にかけて残したもの、その受けた苦しみと受難のことを考えると、浦上は何か崇高なもののシンボルのように思われるのだ。

三　黒崎村

　かくれ切支丹の村だった浦上は今日、すっかり変ってしまっている。

　だがかくれ切支丹の村は浦上だけではない。五島や生月に行かなくても長崎から車で一時間で行ける地点に西彼杵半島の黒崎村がある。

　かくれ切支丹は転び者の子孫たちであり、彼等が長年、心ならずも踏絵を踏まされることによって恥と屈辱のなかで生きてきたことは先に書いた。その秘密をもった生活、その暗い表情や哀しい眼はもはや浦上に探すことは不可能だが、しかし黒崎村をたずねると、まだ何かがある。

　私が黒崎村の名を知ったのは、『沈黙』の一場面（後にそれは主人公ロドリゴの山中放浪の場面となった）を考えながら、かつて長崎が開かれる前にポルトガル船の入港地だった福田の裏山を歩いている時だった。ふりだした雨をさけるため、偶然、その山の斜面にある小さな聚落に駆けていったところ、なかに教会があった。こんな辺鄙な場所に教会があるのが珍しく、中に入ってみると無人である。

雨があがってから私は教会を出て通りがかった娘さんに話しかけた。そしてこの部落はかくれ切支丹のいる黒崎村から移住してきた人たちが作ったものだと知ったのである。おそらく、ここの人たちは黒崎村の土地がもはや狭く、耕やす余地がないのでこの山まで移ってきたのであろう。

黒崎村は海に面し、背後から山に迫られた狭隘な村落である。長崎から車で一時間半ほどかかるが、かなり悪い道を通り、そして山をこえねばならぬ。現在でもそうならば、むかしは役人の監視の眼も届かず信仰を守りつづけるに恰好の場所だったにちがいない。はじめてこの黒崎村を訪れた日も雨だった。峠をこして暗い海が見え、その海が風のために白く泡だっていた。漁師たちの舟も一隻も出ていない。

村の背後は低い山が迫っているが、その山まで段々畠がつづいている。それは村の人たちが半農半漁の生活を営んでいることを示していた。

雨にふりこめられた路を歩いて私はここのカトリック教会をたずねた。こんな小さな漁村にもまるで仏蘭西の田舎のように教会があるのはふしぎだが、考えてみれば、この黒崎村はもともと、かくれ切支丹の村であり、そこからカトリックの改宗者たちが沢山、出てもおかしくはないのである。

その教会は貧しい黒崎村にしては赤煉瓦で作った洒落たものだった。神父さんはその教会の隣りの家に住んでいた。川口という頑健な神父様で、日やけがして、そのまま漁に出ても漁師たちに引けはとらぬ太い腕を持っていた。私は彼からこの村に住むかくれ切支丹たちの話をきいた。

先にも書いたように、長い間、宣教師とも接触できず、教会にも通えなかったかくれ切支丹たちの信仰には神道や仏教や迷信や呪術的なものが長い歳月の間に混じられている。プチジャン神父以来、カトリックの司祭たちは、このかくれ切支丹たちの信仰のなかから非基督教的なものをとり除こうと試みたが、必ずしもそれは成功しなかった。勿論、浦上村の信者たちのようにかくれ切支丹のなかにはカトリック司祭たちの教えに従う人も沢山いたが、他方頑として祖先たちから伝わってきたものの方が正しいと主張する連中もいる。

だからこの黒崎村もカトリック信者とかくれ切支丹との二派にわかれているのだと川口神父は教えてくれた。

「何しろ、私らの神父の恰好が切支丹時代の宣教師《パーデレ》の恰好とちがうから、あいつらはニセもんじゃと言うんですしなあ。三年ほど前、長崎の仏蘭西人の神父さんがその話をきいて、それならと言われて、切支丹時代の宣教師の服装をされて来られたですが、あの人たちはそれをジッと見て、似ているようじゃが何処かちがうと言いはじめ、計画はおジャンになりましたです」

と神父は困ったように言った。

「で、今はもう私らも諦めております。あなたも、ここのかくれ切支丹の家をたずねられるなら、カトリックだと言うてはいけません。向うが警戒しますから」

同じ村に住みながらカトリックの家とかくれの家とは、あまり交際しないらしい。そしてカトリックは新暦をつかって復活祭やクリスマスの日を祝うのにたいし、かくれ切支丹たちは旧暦でそれらの祝いをやるので、祭日も別々になるのだそうだ。

私は雨のなかを教会から出て、村に一軒しかない雑貨屋で一升瓶を買った。そして神父からそっと教えてもらった村上近七さんというかくれ切支丹の家をたずねた。

村上さんの家の屋根から雨が烈しい音をたてて地面に落ちていた。硝子戸をあけると、籠や鍬をおいた土間は暗く、幾度か声をかけたあとやっと一人の爺さまが出てきた。それが村上近七さんだった。

かくれ切支丹の人が多くそうであるように近七爺さんも暗い、疑いぶかい眼で私を眺めた。一升瓶のおかげで、家のなかに入ることは入れたが、こちらが気を使いながらする質問にも爺さんは警戒して、口かず少く答えるだけだった。

私はそれでもねばりにねばって、やっと爺さまが筆写した祈り《オラシヨ》の本をうつさせてもらえた。それはそれを唱えている当人たちにも意味のわからなくなるようなアテ字で書かれていた。祈りはかくれ切支丹たちのなかで次第に呪術的な呪文のようなものになったことをこの本はしめしていた。たとえば聖母マリアのマリアを丸屋と書き、「恩寵《ガラサ》みちみてる」を「ガラッサ道々たもう」と書いているのである。

それよりも私が心ひかれたのは近七爺さまの表情だった。その眼にはどこか暗く、怯えたような色がある。その眼のうごきは自分の秘密をあばかれまいと警戒してたえず動く。それは長い長い歳月の間、表には仏教徒を装いながら、内側では自分の信じているものを頑なに守りつづけた、かくれ切支丹の表情にちがいなかった。

外で鶏が突然、鳴く声がした。

私が筆写し終ると、近七爺さんは私の住所と名前を書いておいていってくれと突然、言いはじめた。

四　中江ノ島

黒崎村についての私の記憶は今でも村上近七爺さんの表情に結びついている。雨にふりこめられた暗いあの村はやがて私の『沈黙』のなかで主人公ロドリゴがかくれるトモギ村に変った。小さな獣のようにうずくまって、自分の敵が通りすぎるのを、死んだように待っている村。その村に最初、訪れた日が雨だったため、私の小説のなかのトモギ村はいつも霧雨の中に閉じこめられていた。

だがその雨がやっとやんで、あかるい光が初夏の長崎にさした朝、私はかくれ切支丹たちにとって聖地とも言うべき中江ノ島をたずねてみようと急に思いたった。

中江ノ島は平戸島の沖にある無人の小島である。そこに行くためには――地図で調べてみると――やはり平戸まで行き、そこから漁師にたのんで小舟でも出してもらうほか方法がないようであった。

長崎から平戸までバスで三時間ほどはかかる。途中で寄り道をすれば夜に平戸につくだろうと思った。

夜、平戸についた。小さな港の周りにはそれでも四、五軒、土産物を売る店がわびしい灯をともしていた。オランダ船長の人形や、アゴと言う飛魚を干した干物がその店先に並んでいる。

その夜、私は旅館の窓から、入江を隔てた丘に黒々とみえる松浦侯の城を眺め、ここにその昔、住んだ外人の日記を読んだ。

翌朝、目をさますと曇り空である。私は平戸から三十分ほど行った山野部落までタクシーで行くことにした。そこの漁師に舟を出してもらおうと考えたからである。

二十七、八歳ぐらいの青年が浜にうちあげた舟を弟らしい少年と波うちぎわまで押している間、私は沖にみえる中江ノ島をぼんやり眺めていた。周囲一キロに及ばぬ小島だが、ここから見ても真中のあたりで裂け目のあることがわかる。

足もとの浜は真白で、その真白な砂のなかに淡紅色の貝が沢山、落ちている。海は底までみえるほど澄んでいて、小魚が群れをなして泳いでいた。

舟の支度ができたので私は少し水の溜った底板をふんで、びくや竿の間に体をかがめた。青年は竿を力いっぱい海底に入れてから、モーターをかけた。そして鈍い単調な音をたてて舟は動きはじめた。

「このへんは釣れるだろうなあ」

私は釣りをやったことがないが、そう青年に話しかけると、彼はこちらをふりむいて、

「はあ、こげん黒鯛のとれるとです」

と両手を三十糎ほどあけて魚の大きさを示した。

少し沖に出ると今まで静かだった海に波がたちはじめた。左側にかなり大きな山が見える。山には山城の跡らしいものがある。このあたりは私の記憶にちがいがなければ松浦家の重臣だった籠手田一族の支配地の筈である。

籠手田一族は信仰厚い切支丹武士の家だったが彼等の主家、松浦家はやがて基督教迫害政策をとり、籠手田一族を長崎に追った後、元和七年頃からきびしく信徒、宣教師を弾圧しはじめた。特にこの平戸で布教した伊太利人司祭カミロ・コンスタンツォを田平の浜で

火刑に処した後、彼を案内したり宿泊させたりした日本人信徒二十名近くをこの中江ノ島で殺害した。

寛永元年には、前に処刑された者の家族三十八人（女、子供を含む）を海に投げ入れるかこの島で殺し、死骸を海中に捨てている。

したがってこの周囲一粁にたりぬ島に六十人ほどの信徒の血が流れたと言うことになる。以来、この小島は平戸、生月のかくれ切支丹たちにとって霊地となった。島の裂け目から流れる岩清水は彼等にとって洗礼の水と崇められ、部落に子供が生れるとお水役という洗礼をさずける役がここに来て、聖母《アベ・マリア》への祈りを千六十三回、唱え、その他の祈りを七百六十三回祈り、徳利に水を充して持って帰るのである。

先ほどまで碧かった海が次第に青黒くなり、舟がゆれる。島は次第に近くみえる。頂上に二、三本の松の樹のはえているほかはすべて黒い切りたった岩である。この荒れはじめた海のなかに三人の切支丹（十歳の少年をふくむ）が一つの俵につめられた上、放りこまれたのである。彼等は兄弟だったが、『日本切支丹宗門史』を書いたパジェスは「こうして三人の兄弟たちは死ぬ時も同じであり、死後も相共に天国の光栄に入ったのだ」と書いている。

私の舟を漕いでいる青年はもちろん、こんな史実は知らぬ。彼にとってこの小島は黒鯛のよく釣れる漁場にすぎぬ。

「かくれ切支丹がこの島に時々、来るかい」

と聞くと
「そげん話です。こげん無人島で何ばしとるですかなあ」

と白い歯をみせて笑った。

鳥の群れが島の上を旋回しながら鳴いている。岩肌に舞いおりて何か餌をあさっているのもいる。

波が垂直に切りたった岩壁にぶつかるとすさまじい水煙があがる。その烈しい音は百米ほど離れた舟にまで太鼓の音のように聞えてくる。

「舟を着けるところは一つしかないですよ」

と青年は言う。私は靴をぬぎ、ズボンを膝までたくしあげて、いつでも水のなかに入れるようにした。

島の裂け目から右に舟が進むと、ようやくわずかな浜がみえ、岩と岩とにはさまれて海草がゆらいでいる。エンジンをとめた青年は竿と櫂とを交互に注意ぶかく使いながら少しずつ、その浜に向う。

「お客さん。濡れんよう、気をつけてください」

私は裸足のまま、油で光ったような黒い岩に飛びうつる。そこで靴をはき、岩から岩を歩きながら、やっと僅かな砂地にたどりつく。

左手も右手も絶壁である。その左手の四十五度に傾斜した岩壁の一角に何やら小祠があるのが見える。岩に手をかけて、その祠に近づくと、十字架の印があって、あきらかに、かくれ切支丹たちが祭ったものだとわかる。

祠の扉をそっと開くと、枯れた草花が花瓶にまだ残っていて最近、誰かが来たらしい。祭ってあるのは下帯一つの男の人形が三体である。その一つにジュアン様という字が書いてある。ジュアン様というのは普通、洗者聖ヨハネのことである。ここは洗礼の水をとる場所だから洗者ヨハネを祭ったのか、それともここで殉教したジュアン坂本左衛門を記念してその人形を置いているのか、私にはわからない。いずれにしても人形は稚拙な泥人形である。

その祠の左手に岩水が滴る場所がある。お水役が洗礼の水をとるのはきっと、ここにちがいない。

舟をつける場所がここしかない以上、かつて処刑される切支丹たちと役人は当然、ここに上陸したのであろう。そして浜を汚さぬため、処刑したのは左手の岩のあたりだったろう。私はその地点に立って左右を見まわす。

前面は海である。白い波濤がすぐまぢかまで押しよせて水煙をあげては次の波濤に代る。岩の上で合掌し、首を前にさし出した切支丹たちの姿がみえるようだ。小舟だから一人の処刑人に三人ほどの役人がついてきたのであろう。

処刑が終ると血は波が洗うにまかせ、死体はこの青黒い海と海草とのなかに放りこんだにちがいない。記録によると死体は袋につめられて捨てられたとある。死体のなかには対岸の根獅子の浜に漂着した六体がある。

私はその殉教者たちの血がそめたであろう石の一つをひろってポケットに入れた。石の色は白みがかり、表面に小さな貝が幾つかついていた。

五　弱者の救い

中江ノ島は殉教の島である。そしてそれを生月島や平戸島のかくれ切支丹たちは長年、聖地と崇めていた。そして聖地にたいしかくれ切支丹たちは二つの心理を持っていたにちがいない。

第一は言うまでもなくそこで死んだ殉教者への畏敬の気持である。殉教者たちはあの周囲一粁にも足りぬ小島で舟で運ばれる途中も、その水煙が太鼓のような音をたてて岩壁にぶつかる水ぎわで首さしのべる時も、自分の信念とするものを棄てなかった。

その棄てなかった勇気、強さ、信仰のふかさにかくれ切支丹たちは尊敬の眼をむけながら、同時にそれができなかった自分の弱さ、卑怯を嚙みしめたにちがいない。そしてその時、彼等は言いようのない慚愧の念にうたれたにちがいない。

殉教した宣教師や殉教者はかくれ切支丹たちにとって畏敬と共に、自分を責める人として見えたであろう。「お前はなぜ、権力や肉体の恐怖に負けたのだ」と殉教者たちが言っているような気がする。そのたびにかくれ切支丹たちは何とか自己弁解をしようとする。だが自己弁解をしても、胸の奥の苦しさは治らなかったことだろう。

その心理はもはや殉教者たちがいなくなった鎖国時代のかくれ切支丹たちにとっても同じであったろう。彼等は先にも書いたように年に一度は踏絵を踏まねばならなかったからである。踏絵——それは自分がこの世で最もうつくしいと思っているものの顔を、自分がこの世で最もきよらかと思っているものの顔に足をかけることである。恋人や母親の顔の上によごれた足の裏をのせることである。

その踏絵の義務は素朴な農民や漁民でもあるかくれ切支丹たちにとっては、筆舌につくしがたい辛さを味わさせたであろう。（宗門奉行、井上筑後守の文章を読むと、切支丹である者が踏絵を踏む時は息づかいが荒くなると書いてある）

自分が弱虫であるという屈辱感、その罪業の感覚、そして二重生活はかくれ切支丹たちの存在を規定していたのである。

その時、彼等は自分たちの救いを何処に求めたか。

かくれ切支丹たちが聖母マリアを特に拝んでいたことは、この問題を考える私の興味をひく。長年、かくれ切支丹の研究に当たられていた田北耕也先生は生月、五島、平戸の各島、および、黒崎方面のかくれ切支丹の納戸神（外見、台所の神様を拝むふりをして、その裏で、かくれ切支丹の礼拝対象物をかくしていた）を表にされているが、それによると聖母の肉筆画が圧倒的に多い。二十数年間に三十数カ所の納戸神を調べられた結果、キリストを抱いた聖母の絵が十四カ所、十七幅もあるにたいし、キリストの絵は、六幅、五カ所にすぎない。

このことは、かくれ切支丹たちにとって聖母への愛着がきわめて深かったことを示している。だがなぜ、かくれ切支丹たちは特に聖母マリアにこれほどまで愛着を示したのか。

彼等がひそかに納戸神として飾っていた聖母マリアの肉筆画は写真でも見られるようにおそらく土地の画家か、あるいは自分たちで描いたと思われる素朴な作品である。それは乳飲み子に乳房をふくませた「おっ母さん」の絵であり、おそらく泰西の聖母画にこのようなものは見当たるまいと思われるほど日本農民的な母の姿である。

それは言いかえるならば、かくれ切支丹たちは自分たちの母親のイメージを通して聖母マリアに愛情をもっていたことを示している。

母とは少くとも日本人にとって「許してくれる」存在である。子供のどんな裏切り、子供のどんな非行にたいしても結局は涙をながしながら許してくれる存在である。そしてまた裏切った子供の裏切りよりも、その苦しみを一緒に苦しんでくれる存在である。

母にたいして父は怒り、裁き、罰する。それは正しく、秩序をもつが、非行の子供にと

って は怯え、震える対象だ。

かくれ切支丹たちは神のイメージのなかに父を感じた。父なる神は自分の弱さをきびしく責め、自分の裏切り、卑劣さを裁き、罰するであろう。そのような神にかくれ切支丹たちは怖れを感じながら、しかし、そのきびしさより、自分をゆるしてくれる母をさがした。そして聖母マリアがそれだと彼等は感じたのである。

マリア観音や納戸神として祭られている聖母の素朴な絵の背後には彼等の切実な「許し」への悲願がこめられている。私は彼等の祈り《オラショ》のうち「憐みのおん母」のオラショほど実感のこもったものを他に知らない。

「この涙の谷にて、呻き泣きて、御身に願いをかけ奉る。是によりて、我等がおとりなして、あわれみの御まなこを、我らに見むかわせたまえ」

そして浦上のかくれ切支丹たちがプチジャン神父に最初にたずねた言葉にもその実感は感じられる。

「サンタ・マリアの御像はどこ？」

父の宗教・母の宗教
――マリア観音について――

「プルタークはどこかで、人間は誰でも自分の過去に、それを打ちあけるよりは、むしろ死を選ぶやうなことがらを、少くとも一つは持つてゐるものだと書いてゐる」

正宗白鳥氏はある本でこの言葉を読んだあと次のように書いている。「私としてもその秘密らしいものを絶対に打ち明けたくないものを一つや二つは持つてゐるのである。……私が持つてゐる秘密、誰にも打ちあけないで墓場まで持つて行こうとする秘密は『蒲団』や『新生』などに類似したものではない。さまぐ〵な私小説作家が臆面もなく打ちあけてゐるやうな秘密ではない。それは私が他人に何等かの害を与へようとした事ではなくて、たゞ私の心身に関係した事なのだが、それを打ちあけるよりはむしろ死を選ばうといふ気持になるのである。その秘密を思ひだすと自己嫌悪、自己侮蔑に身震ひするのである。死後、審判の座に引据ゑられた時にも、こればかりは除外されたかつた」

白鳥の言う通りである。どんな人にも、どんな作家にも彼が人間である限り、「打ちあけるよりはむしろ死を選ぶやうな秘密」が暗い意識の裏にかくれている。それを考えまい、思いだすまいとすればするほど、秘密は昔ながらの毒気をもって心のなかによみがえってくる。彼がもし、作家であっても決してその秘密は書くまい。書かないのではなく書けないのである。書くことの無意味さをだんだん知るからである。もし彼が私小説という形による自己告白をして、その秘密からの解放されることや他者からの許しをひそかに願ったとしていたら――それは愚かなことである。告白小説はあまりに手軽な救済形式だということを小説家は知るようになる。それは精神医学による告白療法と同じ意味を持っているにすぎない。精神医学は心理の疾病はいやせても心理のもっと奥にある世界――あの魂の領域まで手を入れることはできぬ。彼の秘密によって傷つけられぬ読者や批評家は安易に彼をゆるすかもしれぬが、しかし自分がまだゆるされていないことを知っているのは小説家自身である。小説家が同じ素材と主題を幾度も幾度も書くのは――彼のその焦燥感からきているのかもしれぬ。告白小説家は基督教信者が告解室で秘蹟を通して出てきた時のあの生れかわったような悦びを、再生の幸福感を決して味わえないのである。

そしてこの時、絶対者は「ゆるす者」彼を「愛する者」ではなく彼の秘密をただ一人、見ぬいている者、冷やかに凝視している者だ。そして最後の審判でそれを白日のもとに曝けだし裁く者だ。絶対者はその時、怒る神、罰する神となる。新約の愛の基督ではなく旧約のおそろしい、苛酷なヤウエである。

「私は神は恐しい神だと信じてゐた」と白鳥はどこかで書いていたが、それは白鳥だけではない。明治以後の日本文学者が基督教の神を観念的に考える時、自分の内奥にある誰にも知られぬ秘密の裁き手、それを罰するもののイメージを主としてそこに連想してしまうようである。そして基督教さえも調和と愛の宗教としてよりは自己を責める宗教としてみられることが多いのではないか。私は明治以後の日本人が基督教に漠然ともった嫌悪のなかには、まず第一にこの西洋宗教への異質感、距離感と共に神と教義への、今言ったような一方的な解釈がひそんでいるような気がしてならない。

「私は基督教を苛烈な宗教だといつの間にか思ふやうになつてゐた。殉教をしひられてゐることに気づくやうになつた。……真に信者といふ名に価してゐる信者はみんな教へに殉じてゐるのである。すべての歓楽は捨てねばならぬ。中世紀に栄えてゐた修道院に入つてゐるつもりで一生を過さねばならぬ。花鳥風月を楽しまうとするのは基督教の極意から離れたものである」

このように正宗白鳥は考えたのだがおそらくこれは内村鑑三を通してみた基督教が氏にこのような印象を与えたのかもしれない。ここから白鳥のなかにも先に言ったような基督教にたいする一方的解釈が生れ、その上に異質感がかぶさり、やがて氏と基督教との別れが生れたのであろう。

私は白鳥のこのような文章に接すると、氏の基督教への取りくみ方を真摯とは考えるが、それにしても、あまりに片よりすぎていると嘆息を洩らさざるをえない。彼はたとえばカナの奇蹟をどのように読んだのか。それだけでも私は氏の聖書の読み方を知りたい。もしこの白鳥の基督教解釈を司祭に見せたとする――その時彼等はこれが基督教の全てだとは決して言わないであろう。

最近、ある小説を書く前に、私は白鳥が次のように言っているのを知らなかったが、その後、この文章を読み、その小説中の私の作中人物たちがおそわれた疑問と同じ疑問を氏が抱いているのを知って驚いたのだった。「日本に神の福音を伝へに来た聖者であるキリシタン・バテレンはなぜ苛酷な迫害を忍ぶやうに単純な日本信徒に智慧をつけたのであらう。何故、迫害を忍んでまで天国へ行かねばならぬのか。何故に転向してかゝる苛烈な迫害から免かれようとしないのか。神もし慈悲の神ならばかゝる場合の転向を咎め給ふ筈がないのではあるまいか」と白鳥はのべている。「私は迫害史を読みながら信者たちはなぜ転向しないかと、じれつたい思ひをするのである。天上からのこのさんたんたる迫害光景を見おろしてゐたまふ神は形の上だけでも転向を許し給はぬかと疑ふのである。しかし殉教を信仰の極致として、あらゆる迫害をしのぶのが天国行の条件であると神みづからきめてゐるとすると、私は真の宗教は苛烈であるとふと痛感するのである」

白鳥のおののきは切支丹迫害史を読んだ現在の日本人がおそらく大部分感ずることであろう。そして亦、同時に当時の切支丹信徒や宣教師の心のなかに白鳥が抱いたようなこの疑問が起らなかったかと、考えざるをえないだろう。当時の切支丹にも基督教はあまりに苛烈な宗教であり、その苛烈さに耐えうる強者のみがハライソに行け、弱者はその門から去らねばならぬのかと白鳥のように悩まなかったかと思うだろう。

しかしそのようなことを告白した信徒の記録は、今日まで発見された切支丹文献のなかにはない。宣教師たちは決して転んでもよいなどとは口には出さなかったであろうし、むしろ「殉教《マルチリヨ》の勧め」「殉教の心得」というような文書を信者たちにまわして、弱者がころぶことを戒めたのである。

「只今を最後と定め給ふこと、デウスの御はからひなれば、遁るゝ所にあらざる間、即ちデウスの御定めに身を委せ奉るべし。人間の身となり一度死する事は遁れざる道なれば以後、何たる最後にか逢はんといふ儀を知らず。今、此の如く覚悟確かにして死することは、却つてかたじけなきデウスの御恩なりと思ひとりてこの死するを科《とが》おくりのさゝげ物とせば、その成敗は即ち科おくりとも又は大きな功力ともなる事也」「殉教《マルチリヨ》の心得」

この考えは信徒たちに教えこまれた勧めではあったが、「殉教の心得」のなかには苛責を受けた時の心得まではっきり教えている。

「苛責を受くる間はゼウスの御パッシヨン（受難のこと）を目前に観ずべし。デウスを始め奉り、サンタマリヤ、諸のアンジヨ、ベアト（天使、聖人のこと）天上より我戦を御見物なされ、アンジヨは冠を捧げ、わがアニマの出づることを待ちかね給ふを観ずべし。此の砌りに及んではデウスより格別の御合力あるべければ、深く頼もしき心を持つべし」

これらの教えは文書や口から信徒たちに伝わり、宣教師が捕えられたあとも、信者たちの組織した組講で唱えあい、覚悟をたがいに固めあったにちがいない。白鳥はこうした状況から「真の宗教は苛烈だ」と考えたのであろう。

だがこうした「殉教《マルチリヨ》の勧め」にかかわらず信徒の多くのものは転んだ。転んだ者たちは転びたくて転んだのではもちろんない。拷問や死の恐怖から転んだのである。そしてこういう転んだ者がその後どうしたかと言うことまで白鳥は考えなかったようだ。彼は基督教が転んだ者は見棄てたのだとあるいは決めていたのかもしれぬ。

転んだ者のなかには「信心戻し」と言って今一度、切支丹であることを宣言し、ふたたび拷問を受け、殉教した者もいる。しかし大部分の者は転んだあと、彼等が「異教徒《ゼンチヨ》」とよんだ仏教徒にさせられた。そしてそのまま基督教から遠ざかった者もいれば、あるいは周知のようにかくれ切支丹となって秘密裡に信仰を持続した者もいる。かくれ切支丹が他の地方より九州の長崎周辺に多いのは、五島列島や平戸島のように島が点在してほかよりも幕府の眼が届かなかったためである。

だが、かくれ切支丹の信仰は彼等の祖父や父の信仰とは本質的にちがう。彼等の信仰には三つの特徴がある。つまり彼等がその信仰を長くもちつづけえたのは、(1)日本人特有の祖先愛着、(2)部落単位、(3)共犯者意識というこの三つの心理があったためである。第一に彼等が禁制後も切支丹の信仰を守りつづけたのはそれが自分の祖父、父母が信じた宗教だったという愛着があるためだ。かつてフランシスコ・ザヴィエルは、日本人たちは自分が切支丹に入れば祖先を見棄てることになると言って嘆きかなしみ、その祖先愛着が入信の妨げとなることを嘆じたことがあったが、今度はその祖先愛着が逆にかくれ切支丹の信仰を持続させたのだった。第二の部落単位と言うことも彼等が秘密組織を組みたてる上に欠くべからざることで、司祭役、洗礼役、その他の役職を作って部落での洗礼式や告解や祈《オラシヨ》りの侍受を次の世代に教えていったのだった。そしてかつて彼等が転ぶ時も個人個人というよりは部落全体であったように、浦上四番崩れに見られる如く信仰を守らねばならぬ時は部落全体が結束した。（四番崩れの時などは仲間を裏切って転んだ者は村八分にされて部落にも入れてもらえなかったそうである）

だがかくれ切支丹の信仰がかつての切支丹信仰と最もちがう性格はそれが負い目をもつ者の信仰だと言うことである。勝利者の信仰ではなく敗残者の信仰だったと言うことである。なぜなら強かった者は殉教し、踏絵を踏むなり拷問に屈した弱かった者たちがその心の苛責にたえかねて、ひそかに自分が一度は棄てようとした信仰に再びすがりついた時、かくれ切支丹が生れたのである。彼等の出発点は裏切者、転び者、弱者であり、その暗いはじまりは、彼等の信仰に一つの性格を与えた。そしてその子孫たちも亦、ふたたび「信心戻し」を宣言して殉教《マルチリヨ》をする勇気さえなかった。毎年一度は必ず宗門改めという奉行所の命令があり、彼等は踏絵に心ならずも足をかけたのである。彼等の祖先は「転び者」だったが、その転び者の悲しみ、辛さはその祈りと共に子孫たちにも受けつがれたのである。彼等は白鳥のいうような秘密をいつも魂の裏側に持たねばならなかったのだ。

それは殉教者の信仰とちがっていた。強者の信仰とは性格を異にしていた、神だけがかくれ切支丹の過去を知っており、審判の日、それを裁くかもしれなかった。かくれ切支丹にとってデウスは怒る神、罰する神となるかもしれなかった。彼等はデウスの顔をまともに「見るあたわず」（ヤコブ書）だったのである。白鳥の考えたような苛烈な基督教はたえず彼等の良心をくるしめ、それを疼かせたにちがいなかった。彼等にとってもまた白鳥の言葉通り「神は恐しい神」だったのである。

私は今日わずかに残っているマリア観音をみる時、このかくれ切支丹の、裏切者の、転び者のふかい哀しみをそこに感ぜざるをえない。彼等がなぜマリア観音を必要としたかが私にも多少わかるからである。

今日、長崎にいけばマリア観音なるものが古道具屋などで売りつけられる。もちろん偽物である。第一、マリア観音なる特殊なものが果してかくれ切支丹によって作られたか大いに疑問である。彼等は普通の子育観音、白衣観音を表面は仏教徒を装いながらこれをマリアに見たて祈ったというのが私の考えである。したがってそれがマリア観音であるか否かを識別するのは観音の外形ではなく、それがかくれ切支丹の所有か否かによるだけであって、この証拠がない限りこれをマリア観音だと断定することはできぬ。しかし問題はかくれ切支丹が、何故マリア観音をわざわざ必要としたかである。

望月信成氏の著書によれば観音はもともと男性であって女性でないと言う。しかし今日東京国立博物館に保管されている長崎地方のかくれ切支丹が所有していたマリア観音は童児をいだいていると否とにかかわらず、女性的な姿態、女性的な表情をもっている。そしてこれにひそかに祈っていた転び者の子孫たちもその白衣から聖母マリアのかぶっているヴェールを連想し、その胸の瓔珞《ようらく》からコンタツを思いうかべてこれを母性「マリア」にみたてたのである。

彼等はここに「母」のイメージをみた。彼等は「父」が怖しかったからである。転び者である彼等には自分たちの暗い過去、を知っているデウスがこわかった。この時、彼等にとってデウスは抽象的な姿ではなく、殉教した西欧の宣教師のイメージとなって感ぜられたにちがいない。

「殉教の勧め」を彼等に説き、自分自身も拷問に耐え、信仰を貫いたこれら西欧宣教師がそのままデウスのイメージに重なりあったにちがいない。そしてその強い宣教師たちや強い信徒は転び者を怒り責めているように見えたにちがいない。だから彼等はこのきびしい「父《デウス》」のかわりに、自分たちをゆるし、その傷を感じてくれる存在を求めたのである。怒りの父ではなく、やさしい母親を必要としたのである。プロテスタントには聖母は重要な意味をもたぬ。しかしカトリックにとっては聖母は仲介者としての意味がある。聖母への祈りのなかに屢々「とりつぎ」という言葉があるのはそのためである。聖母は転び者たちとその子孫にとって、自分のために祈ってくれる母となったのである。

ここにおいてかくれ切支丹の基督教は「父」の宗教から「母」の宗教へ少しずつ移りはじめたのだと私は考える。白鳥のいう苛烈な基督教は転び者たちにとって、もはや耐えがたいものになる。それは彼等に心の平安や和らぎを与える代りに過去の傷口をふたたび開き、その痛みを絶えず味わさせるのだ。これに耐えられない転び者に道は二つしかない。転び者、荒木トマスやファビアンのように基督教を憎みそれを否定することに自分の存在を賭けるか、（この方法は共産党の転向者が往々にして取る道に似ている）あるいは基督教の内側にあって、もう一つの出口を見つけようとすることである。そしてかくれ切支丹たちのとった方法はこの後者である。それが父の宗教から母の宗教への移行であり、デウス礼拝よりはマリアへの崇拝となり、マリア観音を作りだす原因となったのである。

かくれ切支丹たちは観音をマリア像にみたてただけではない。田北耕也氏の長年にわたる研究によれば、氏が二十数年にわたって調査したかくれ切支丹の納戸神のうち、一番多いのは聖母像、もしくは聖母を描いた絵だった。たとえば氏が三十数カ所で発見した納戸神のうち基督と信じられるような男を描いた肉筆画掛軸は六つだったのにたいし、聖母を描いたものは十七幅もあったのである。マリア観音の場合、仏教観音として役人警吏の眼を誤魔化しやすかったからその数も多いと言えるが、しかし画像の数も多いとなるとこれはかくれ切支丹がデウスよりもマリアに心をひかれたと考えざるをえぬ。したがってこの事実は彼等の基督教が司祭や修道士の指導を離れて日本化するにしたがい、「父の宗教」から「母の宗教」へと移行しはじめたことを示しているのだ。（後期に入るとこの日本化されたかくれ切支丹の信仰には神道や仏教の混合もみられるが、それについてはここでは触れない）

だがそれと共にこの移行は日本人である彼等の感覚にもあっていた。一般に日本庶民の宗教心理には意志的な努力の積み重ねよりは絶対者の慈悲にすがろうとする傾向が強い。つまり基督教精神学でいう恩寵重視の傾向でこれはカトリック的というよりはむしろプロテスタント的である。そして自分より大きなものの慈悲にすがろうとするこの心情の原型はあきらかに母にたいする子の心理である。浄土宗が庶民へ結びついたこの心理傾向を、我々はマリア観音に祈ったかくれ切支丹のなかにも見出せるのである。少くとも浄土宗は苛烈な修行や努力や殉教を命ずる父の宗教ではない。それは日本的な母の盲目愛、日本的母の包容力をもつ宗教である。庶民たちが念仏だけによって仏の慈悲にすがろうとしたごとく、転び者のかくれ切支丹は基督教のなかから父的な要素を切りすてて、マリアのとりつぎを、母親の愛を求めたのである。

「私は幼いころから誰かから聞くともなく法然上人のことを聞いて親しみを覚えるやうに

なつてゐたが、この上人の教へは安易でなつかしいやうに感ぜられてゐた。これも深入りして研究したらむづかしいのかもしれないが自分勝手に気楽な教へだと思つてゐた。それに比べると基督教は苛烈な教へである。『神は愛なり』と月並の讃美歌に歌ひつゞけられてゐても、私にはそれに甘へてゐられなくなつた。それで私は洗礼を受けてゐやうと、また『我等の主なる基督よ』と朝に祈り夜に祈りしてゐても信者の破片《かけら》でもないやうに思はれだした。そして次第に教会にも遠ざかるやうになつた」

白鳥の書いたこの文章は、彼もまた日本人であるゆえに体質的に感覚的に「父の宗教」より「母の宗教」に心ひかれていることを証明している。白鳥が死んだ時、基督教徒として息を引きとったか、懐疑者として臨終を迎えたかが一時、論議されたが、我々にはそのどちらか永遠に実証することはできまい。しかし彼が基督教を棄てたのは、この宗教を単純に「父の宗教」としか考えなかったためであることは先ほどまで引用した文章をみてもあきらかである。もし彼がその臨終において基督の名を呟いたとしたら、それは「父の宗教」ではなく「母の宗教」をそのなかに見つけたためではないだろうか。一人の人間の魂の秘密を軽々しく断定することは避けよう。しかし白鳥の心情のなかにはマリア観音に次第に心傾けていったかくれ切支丹と同じものがあったと私は考えるのである。

断っておくが基督教は白鳥が誤解したように父の宗教だけではない。基督教のなかにはまた母の宗教もふくまれているのである。それはたとえばマリアにたいする崇敬というようなかくれ切支丹的な単純なことではなく、新約聖書の性格そのものによって、そうなのである。新約聖書は、むしろ「父の宗教」的であった旧約の世界に母性的なものを導入することによってこれを父母的なものとしたのである。新約聖書のなかに登場する作中人物の多くはそのほとんどが転び者、もしくは転び者的な系列の人間であることに我々は注意したい。そしてペトロでさえカヤパの司祭館で基督を棄てたのである。鶏がなく時刻、彼も亦踏絵に足をかけたのだった。その時、夜のたき火の向うで基督のくるしい眼とそのペトロのおずおずとした眼とがあったのだった。

母なるもの

夕暮、港についた。

フェリー・ボートはまだ到着していない。小さな岸壁にたつと、藁屑や野菜の葉っぱの浮いた灰色の小波が、仔犬が水を飲むような小さな音をたてて桟橋にぶつかっていた。トラックの一台駐車した空地の向うに二軒の倉庫があり、その倉庫の前で男が燃している焚火の色が赤黒く動いている。

待合室には長靴をはいた土地の男たちが五、六人ベンチに腰かけて切符売場があくのを辛抱づよく待っている。足もとには魚を一杯つめこんだ箱や古トランクがおいてあったが、その中に、鶏を無理やりに押しこんだ籠が転がっていた。籠の隙間から、鶏は首を長くだして苦しそうにもがいている。ベンチの人たちは私に時々、探るような視線をむけながら、だまって坐っている。

こんな光景をいつか、西洋の画集で見たような気がする。しかし誰の作品か、いつ見たのかも思いだせぬ。

海の向う、灰色に長くひろがった対岸の島の灯がかすかに光っている。どこかで犬が鳴いているがそれが島から聞えるのかこちら側なのかわからない。

灯の一部だと思っていたものが、少しずつ動いている。それがやっと、こちらに来るフェリー・ボートだと区別がついた。ようやくあいた切符売場の前に、さっきベンチに腰かけていた長靴の男たちが列をつくり、そのうしろに並ぶと魚の臭いが鼻についた。あの島では、たいていの住人は半農半漁だと聞いている。

どの顔も似ている。頬骨がとび出ているせいか、眼がくぼんで、無表情で、そのため何かに怯えているようにみえるのだ。つまり狡さと臆病さとが一緒になってこの土地の人のこの怯えた顔を作りだしているのだ。そう思うのは、私が今から行く島について持っている先入観のせいなのかも知れぬ。なにしろ江戸時代、あの島の住人は、貧しさと重労働とそれから宗門迫害とで苦しんできたからだ。

やっと、フェリー・ボートに乗り、港を離れることができた。一日に三回しか、九州本土と、この島との間には交通の便がない。二年前までは、このボートも朝晩おのおの一度しか往復していなかったそうである。

ボートと言っても伝馬船のようなもので椅子もない。自転車や魚の箱や古トランクの間で乗客は窓から吹きこむ冷たい海風にさらされたまま立っている。東京ならば愚痴や文句を言う人も出ようが、誰もだまっている。聞えるのは船のエンジンの音だけで、足もとに転がった籠のなかで鶏までウンともスンとも言わない。靴先で少しつつくと、鶏は怯えた表情をした。それがさっきの人たちの表情に似ていておかしかった。

風がさらに強くなり、海も黒く、私は幾度か煙草に火をつけようとしたが、いくらやっても、風のためマッチの軸が無駄になるだけで唾にぬれた煙草は船の外に放り棄てた。もっとも風のため船のどこかへ、転がったかもしれぬ。今日半日、バスにゆられて長崎からここまで来た疲労で肩がすっかり凝り、眼をつぶってエンジンの音をきいていた。

エンジンの響きが幾度か真黒な海のなかで急に力がなくなる。すぐまた急に勢いよく音をあげ、しばらくして、また、ゆるむ。そういう繰りかえしを幾回も聞いたあと、眼をあけると、もう島の灯がすぐ眼の前にあった。

「おーい」

呼ぶ声がする。

「渡辺さんはおらんかのォ。綱を投げてくれまっせ」

それから綱を桟橋に投げる重い鈍い音がひびいた。

土地の人たちのあとから船をおりた。五、六軒の店が、干物や土産物を売っている。つめたい夜の空気のなかには海と魚との臭いがまじっている。改札口を出ると、干物や土産物を売っている。このあたりでは飛魚を干したアゴという干物が名物だそうである。長靴をはいた、ジャンパー姿の男がその店の前で、改札口を出てくる我々をじっと見つめていたが、私の方に近よってきて、

「御苦労さまでございます。先生さまを教会からお迎えにあがりました」

こちらが恐縮するほど、頭を幾度もさげ、それから、私の小さな鞄を無理やりにひったくろうとした。いくら断わっても、鞄をつかんだまま離さない。私の手にぶつかった彼の掌は、木の根のように大きく、固かった。それは私の知っている東京の信者たちの湿ったやわらかな手とちがっていた。

いくら肩を並べて歩こうとしても、彼は頑なに一歩の距離を保って、うしろから、ついてきた。先生さまと言われたさっきの言葉を思いだして私は当惑していた。こういう呼び方をされると土地の人は警戒心をもつようになるかもしれない。

港から匂っていた魚の臭いは、どこまでも残っていた。その臭いは、両側の屋根のひくい家にも、狭い道にも長い長い間、しみついているように思えた。さっきとは全く反対に、今度は左手の海のむこうに、九州の灯がかすかにみえる。私は、

「お元気ですか、神父さんは。手紙をもらったので、すぐ飛んで来たんだが……」

うしろからは何の返事もきこえない。なにか気を悪くさせたのか、と気をつかったが、そうではないらしく、遠慮をして無駄口をたたかぬようにしているのかもしれぬ。あるいは長い昔からの習性で、ここの土地の者たちはむやみにしゃべらぬのが、一番、自分の身を守る方策と考えているのかもしれない。

あの神父には、東京で会った。私は当時、切支丹を背景にした小説を書いていたので、

ある集まりで九州の島から出てきた彼に自分から進んで話しかけた。その人もまた眼がくぼみ、頬骨のとび出たこのあたりの漁師特有の顔をしていた。東京のえらい司教や修道女たちの間にまじってすっかり怯えたせいか、話しかけても、ただ強張った表情をして、言葉少く返事する点が、今、私の鞄をもっている男とそっくりだった。

「深堀神父を知っておられますか」

その前年、私は長崎からバスで一時間ほど行った漁村で、村の司祭をやっている深堀神父に、随分、世話になった。浦上町出身のこの人は海で私に魚つりを教えてくれた。まだ頑として再改宗しない、かくれの家にもつれていってくれた。言うまでもなくかくれ切支丹たちの信じている宗教は、長い鎖国の間に、本当の基督教から隔たって、神道や仏教や土俗的な迷信まで混じりはじめている。だから長崎から五島、生月に散在している彼らを再改宗させることは、文久に渡日したプチジャン神父以来、あの地方の教会の仕事である。

「教会に泊めてもらいましてね」

話の糸口を引きだしても、向うは、ジュースのコップを固く握りしめたまま、はい、はいとしか返事をしない。

「おたくの管区にも、かくれ切支丹はいるのですか」

「はい」

「このごろは、連中、テレビなどで、写されて収入になるもんだから、次第に悦びだしましたね。深堀神父の紹介した爺さんなどは、まるで、ショウの説明役みたいでしたが。そちらの、かくれ切支丹はすぐ会ってくれますか」

「いや、むつかしか、とです」

それで話は切れて私は彼から離れて、もっと話しやすい連中のところに行った。

だが、思いがけなくこの朴訥な田舎司祭から一カ月前、手紙がきた。カトリック信者が必ず使う「主の平安」という書きだしから始まるその手紙には、自分の管区内に住んでいるかくれたちを説得した結果、その納戸神やおらしょ（祈り）の写しを見せるそうだというのが手紙の内容だった。字は意外と達筆だった。

「この町にもかくれは住んでますか」

うしろをふりむいて、そうたずねると、男は首をふって、

「おりまっせん。山の部落に住んどるとです」

半時間後ついた教会では、入口の前に、黒いスータンを着た男が手をうしろに組んで、自転車をもった青年と一緒に立っていた。

一度だけだが前にともかく、会ったので、こちらが気やすく挨拶すると、向うは少し当惑したような表情で、青年と迎えに来てくれた男を見た。それは私が迂闊だったのである。東京や大阪とちがって、この地方では、神父さまはいわばその村では村長と同じように、時にはそれ以上に敬われている殿さまのような存在だということを忘れていたわけだ。

「次郎。中村さんに、先生が来たと」と司祭は青年に命令した。「言うてこいや」青年は恭しく頭をさげて自転車にまたがると、闇のなかにすぐ消えていった。

「かくれがいる部落はどちらですか」

私の質問に、神父は、今来た道とは反対の方向を指さした。山にさえぎられているのか灯もみえない。かくれ切支丹たちは、迫害時代、役人の眼をのがれるために、できるだけ探しにくい山間や海岸に住んだのだが、ここも同じなのにちがいない。明日はかなり歩くなと、私はあまり強くない自分の体のことを考えた。七年前に私は胸部の手術を受けて直ったものの、まだ体力には自信がないのである。

母の夢をみた。夢のなかの私は胸の手術を受けて病室に運ばれたばかりらしく、死体のようにベッドの上に放りだされていた。鼻孔には酸素ボンベにつながれたゴム管が入れられて、右手にも足にも針が突っこまれていたが、それはベッドにくくりつけた輸血瓶から血を送るためだった。

私は意識を半ば失っているはずなのに、自分の手を握っている灰色の翳が、けだるい麻酔の感覚のなかでどうやら誰かかはわかっていた。それは母だった。病室にはふしぎに医師も妻もいなかった。

そういう夢を、今日まで幾度か見た。眼が醒めたあと、その夢と現実とがまだ区別できず、しばらく寝床の上でぼんやりしているのも、それから、やっとここが三年間も入院した病室のなかではなく自分の家であることに気づいて、思わず溜息をつくのもいつものことだった。

夢のことは、妻には黙っていた。実際には三回にわたるその手術の夜、一睡もしないで看病してくれたのは、妻だったのに、その妻が夢のなかには存在していないのが申しわけない気がしたためだがそれよりもその奥に自分も気づいていないような、私と母との固い結びつきが、彼女の死後二十年もたった今でも、あるのが夢に出て厭だったからである。

精神分析学など詳しくはない私にはこうした夢が一体、なにを意味するのか、わからない。夢のなかで母の顔が実際にみえるわけではない。その動きも明確ではない。あとから考えれば、それは母らしくもあるが、母と断言できもしない。ただそれは、妻でもなく、附添婦でも看護婦でもなく、もちろん医師でもなかった。

記憶にある限り、病気の時、母から手を握られて眠ったという経験は子供時代にもない。平生、すぐに思いだす母のイメージは、烈しく生きる女の姿である。

五歳のころ、私たちは父の仕事の関係で満州の大連に住んでいた。はっきりと瞼に浮かぶのは、小さな家の窓からさがっている魚の歯のような氷柱である。空は鉛色で今にも雪がふりそうなのに雪は降ってはいない。六畳ほどの部屋のなかで母はヴァイオリンの練習をやっている。もう何時間も、ただ一つの旋律を繰りかえし繰りかえし弾いている。ヴァイオリンを顎にはさんだ顔は固く、石のようで、眼だけが虚空の一点に注がれ、その虚空の一点のなかに自分の探しもとめる、たった一つの音を摑みだそうとするようだった。そのたった一つの音が摑めぬまま彼女は吐息をつき、いらだち、弓を持った手を絃の上に動かしつづけている。私はその顎に褐色の胼胝《たこ》がまるで汚点のようにできているのを知っていた。それは、音楽学校の学生のころから、たえず、ヴァイオリンを顎にはさんだためだったし、五本の指先も、ふれると石のように固くなっていた。それはもう幾千回と、一つの音をみつけるために、絃を強く抑えるためだった。

小学生時代の母のイメージ。それは私の心には夫から棄てられた女としての母である。大連の薄暗い夕暮の部屋で彼女はソファに腰をおろしたまま石像のように動かない。そうやって懸命に苦しみに耐えているのが子供の私にはたまらなかった。横で宿題をやるふりをしながら、私は体全体の神経を母に集中していた。むつかしい事情がわからぬだけに、うつむいたまま、額を手で支えて苦しんでいる彼女の姿がかえってこちらに反射して、私はどうして良いのか辛かった。

秋から冬にかけてそんな暗い毎日が続く。私はただ、あの母の姿を夕暮の部屋のなかに見たくないばかりにできるだけ学校の帰り道、ぐずぐずと歩いた。ロシヤパンを売る白系ロシヤの老人のあとをどこまでもついていった。日がかげるころ、やっと、道ばたの小石を蹴り蹴り、家への方角をとった。

「母さんは」ある日、珍しく私を散歩につれだした父が、急に言った。「大事な用で日本に戻るんだが……お前、母さんと一緒に行くかい」

父の顔に大人の嘘を感じながら、私はうんと、それだけ答え、うしろからその時も小石をいつまでも蹴りながら黙って歩いた。その翌月、母は私をつれて、大連から、神戸にいる彼女の姉をたよって船に乗った。

中学時代の母。その思い出はさまざまあっても、一つの点にしぼられる。母は、むかしたった一つの音をさがしてヴァイオリンをひきつづけたように、そのころ、たった一つの信仰を求めて、きびしい、孤独な生活を追い求めていた。冬の朝、まだ凍るような夜あけ、私はしばしば、母の部屋に灯がついているのをみた。彼女がその部屋のなかで何をしているかを私は知っていた。ロザリオを指でくりながら祈ったのである。それからやがて母は私をつれて、最初の阪急電車に乗り、ミサに出かけていく。誰もいない電車のなかで私はだらしなく舟をこいでいた。だが時々、眼をあけると、母の指が、ロザリオを動かしているのが見えた。

暗いうち、雨の音で眼がさめた。急いで身支度をすませ、この平屋の向い側にある煉瓦づくりのチャペルに走っていった。

チャペルはこんな貧しい島の町には不似合いなほど洒落ている。昨夜、神父の話を聞くと、この町の信者たちが石をはこび、木材を切って二年がかりで作ったのだそうである。

三百年前、切支丹時代の信徒たちもみな、宣教師を悦ばすために、自分らの力で教会を建築したというが、その習慣はこの九州の辺鄙な島にそのまま受けつがれているのである。

まだ薄暗いチャペルのなかには、白い布をかぶった三人の農婦が、のら着のまま跪いている。作業着をきた男たちも二人ほどいた。祈禱台も椅子もない内陣でみんな畳の上で祈っているのである。彼らはミサがすめばそのまま鍬をもって畠に行くか、海に出るようだった。祭壇では、あの司祭が、くぼんだ眼をこちらにむけてカリスを両手でかかえ、聖体奉挙の祈りを呟いている。蠟燭の灯が、大きなラテン語の聖書を照らしている。私は母のことを考えていた。三十年前、私と母とが通った教会とここことが、どこか似ているような気がしてならなかった。

ミサが終ったあと、チャペルの外に出ると雨はやんだが、ガスがたちこめている。昨夜、神父が教えてくれた部落の方角は一面に乳色の霧に覆われ、その霧のなかに林が影絵のように浮かんでいる。

「こげん霧じゃとても行けんですたい」

手をこすりながら神父は私のうしろで呟いた。

「山道はとても滑るけん。今日は一日、体ば休められてだり、明日、行かれたらどうですか」

この町にも、切支丹の墓などがあるから、午後から見に行ったらどうだというのが神父の案だった。かくれたちのいる部落は山の中腹だから、土地の者ならともかく、片肺しかない私には雨に濡れて歩く肺活量はなかった。

霧の割目から、海がみえた。昨日とちがって海は真黒で冷たそうだった。舟はまだ一隻も出ていない。白い牙のように波の泡だっているのが、ここからでもよくわかる。

朝食を神父とすませたあと、貸してもらった六畳の部屋で、寝ころんだまま、この地域一帯の歴史を書いた本を読みかえした。細かい雨がふたたび降りつづけ、その砂のながれるような音が部屋の静けさを一層ふかめる。壁にバスの時刻表がはりつけてあるほかは何もない部屋だ。私は急に東京に戻りたくなった。

記録によるとこの地方の切支丹迫害が始まったのは一六〇七年からでそれが一番、烈しくなったのは一六一五年から一七年の間である。

ペトロ・デ・サン・ドミニコ師

マチャス

フランシスコ五郎助

ミゲル新右衛門

ドミニコ喜助

それらの名は、私が今いるこの町で一六一五年に殉教した神父、修道士だけを選んだものだが、実際には名もない百姓の信者、漁師の女のなかにも、教えのため命を失った者が、まだまだたくさんいたかも知れない。前から切支丹殉教史を暇にまかせて読んでいるうちに、私は一つの大胆な仮説を心のうちにたてるようになった。これらの処刑は、一人一人の個人によりも部落の代表者にたいして見せしめのために行われたのではないかという仮定である。もっともこれは当時の記録が裏うちをしてくれぬ限り、いつまでも私の仮定にすぎないが、あのころの信徒たちは一人一人で殉教するか背教するかを決めたよりは、部落全体の意志に従ったのではないかという気がするのである。

部落民や村民の共同意識は今よりずっと血縁関係を中心にして強かったから、迫害を耐えしのぶのも、屈して転ぶのも、一人一人の考えではなく、全村民で決めたのではないかというのが、前からの私の仮定だった。つまりそうした場合、役人たちも信仰を必死に守る部落民を皆殺しにすれば、労働力の消滅になるので、代表者だけを処刑する。部落民側も部落存続のため、どうしても転ばざるをえない時は全員が棄教する。その点が日本切支丹殉教と外国の殉教の大きなちがいのような気がしていたのである。

この島には往時、千五百人ほどの切支丹がいたことは記録でわかっている。当時、島の布教に活躍をしたのは、伊太利人司祭カミロ・コンスタンツォ神父で、彼は一六二二年に田平の浜で火刑に処せられた。薪に火がつけられ、黒い煙に包まれても、彼の歌う讃美歌「ラウダテ」は群集にきこえたという。それを歌い終り、「聖なるかな」と五度大きく叫び彼は息たえた。

百姓や漁師の処刑地は島から小舟で半時間ほど渡った岩島という岩だらけの島だった。信徒たちはその小島の絶壁から、手足を括られたまま、下に突きおとされた。最もその迫害がひどかったころには、岩島で処刑される信徒は月に十人をくだらなかったそうである。役人たちも面倒がり、時にはそれらの何人かを菰に入れて、数珠つなぎにしたままつめたい海に放りこんだ。放りこまれた信徒たちの死体は、ほとんど見つかっていない。

昼すぎまで、島のこんな悽惨な殉教史を再読して時間をつぶした。霧雨はまだ降りつづけている。

昼食の時、神父はいなかった。日にやけた、頬骨の出た中年のおばさんが給仕に出てくれた。私は彼女のことを漁師のおかみさんぐらいに考えていたのだが、話をしているうちに、なんと、おばさんは生涯を独身で奉仕に身を捧げる修道女だと知って驚いた。修道女といえば、東京でよく見かけるあの異様な黒い服を着た女たちとばかり思っていた私は、俗称「女部屋」とこのあたりで言われている修道会の話を初めて聞いた。普通の農婦と同じように田畠で働き、託児所で子供の世話をし、病院で病人をみとり、集団生活をするのがこの会の生活で、おばさんも、その一人だそうである。

「神父さまは不動山のほうにモーターバイクで行かれましたけん。三時ごろ、戻られるとでしょ」

彼女は雨でぬれた窓のほうに眼をやりながら、

「あいにくのわるか天気で、先生さまも御退屈でしょ。じきに役場の次郎さんが切支丹墓ば御案内に来ると言うとります」

次郎さんというのは昨夜、神父と教会の前で私を待っていてくれたあの青年のことである。

その言葉通り、次郎さんが、昼食が終ってまもなく、誘いに来てくれた。彼はわざわざ長靴まで用意してきて、

「そのお靴では泥だらけになられると、いかんと思うて」

こちらが恐縮するほど、頭を幾度もさげながら、その長靴が古いのをわび、

「先生さまにこげん事、恥ずかしですたい」

彼の運転する軽四輪で、町を通りぬけると、昨夜、想像したように、屋並みはひくく、魚の臭いが至るところにしみついていた。港では十隻ほどの小舟がそれでも出発の用意をしていた。町役場と小学校だけが鉄筋コンクリートの建物で、目ぬき通りと言っても、五分もしないうちに藁ぶきの農家に変るのである。電信柱に雨にぬれたストリップの広告がはりつけてあった。広告には裸の女が乳房を押えている絵が描かれ、「性部の王者」といううすさまじい題名がつけられていた。

「神父さんは、こげんものを町でやることに、反対運動をされとるです」

「でも若い連中なら、チョクチョク行くだろう。信者の青年でも」

私の冗談に次郎さんはハンドルを握りながら黙った。

私はあわてて

「今、信者の数は島でどのくらいですか」

「千人ぐらいはおりますでしょ」

切支丹時代は千五百人の信徒数と記録に載っているから、そのころより五百人、下まわったわけである。

「かくれの人数は？」

「ようは知りまっせん。年々、減っとるではなかですか。かくれの仕来《しきた》りば守うとるのも年寄りばっかりで、若い衆はもう馬鹿らしかと言うとります」

次郎さんは面白い話を私にしてくれた。かくれたちは、いくらカトリックの司祭や信者が再改宗を説得しても応じない。彼らの言種は、自分たちの基督教こそ祖先のころから伝わったのだから本当の旧教で、明治以後のカトリックは新教だと言い張っているのである。その上、代々、聞きつたえた宣教師さまたちの姿とあまりにちがった今の司祭の服装が、その不信の種を作ったようで、

「ばってん、フランスの神父さまが、知恵ばしぼられて、あのころの宣教師の恰好ばされて、かくれば訪ねられたですたい」

「で？」

「かくれの申しますには、これはよう似とるが、どこか違うとる。どうも信じられん……」

この話には次郎さんのかくれにたいする軽蔑がどこか感ぜられたが、私は声をたてて笑った。わざわざ、切支丹時代の南蛮宣教師の恰好をしてかくれをたずねたフランス人司祭もユーモアがあるが、いかにもこの島らしい話でよかった。

町を出ると、海にそった灰色の道が続く。左は山が迫り、右は海である。海は鉛色に濁り、ざわめき、車の窓を少しあけると、雨をふくんだ風が、顔にぶつかってきた。

防風林に遮られた場所で車をとめ、次郎さんは傘を私にさしかけてくれた。砂地にはそれでも、小さな松の植木が点々と植わっている。そして切支丹の墓は、ちょうどその砂の丘が海のほうに傾斜していく先端に転がっている。墓といっても私だって力をだせば抱えあげられるような石で、三分の一は砂に埋まり、表面は風雨に晒されて鉛色になり、わずかに何かで引っかいたような十字架とローマ字のMとRとが読めるだけである。そのMとRとから私はマリアという名を連想し、ここに埋まっている信徒は女性ではないだろうかと思った。

どうしてこの墓ひとつだけが町からかなり離れたこんな場所にあるのか、わからぬ。迫害後、その血縁がひそかに人目につかぬここに移しかえたのかもしれぬ。あるいは迫害中、この女は、この浜のあたりで処刑されたのかもしれぬ。

見棄てられたこの切支丹の墓のむこうに荒海が拡がっていた。防風林にぶつかる風の音は電線のすれ合うような音をたてている。沖に黒く、小島が見えるが、あれがこの辺の信徒たちを断崖から突き落したり、数珠つなぎにしたまま、海に放りこんだ岩島である。

母に嘘をつくことをおぼえた。

私の嘘は今、考えてみると、母にたいするコンプレックスから出たようである。夫から棄てられた苦しさを信仰で慰める以外、道のなかった彼女は、かつてただ一つのヴァイオリンの音に求めた情熱をそのまま、ただ一つの神に向けたのだが、その懸命な気持は、現在では納得がいくものの、たしかに、あのころの私には息ぐるしかった。彼女が同じ信仰を強要すればするほど、私は、水に溺れた少年のようにその水圧をはねかえそうともがいていた。

級友で田村という生徒がいた。西宮の遊廓の息子である。いつも首によごれた包帯をまいて、よく学校を休んだが、おそらくあのころから結核だったのかもしれない。優等生から軽蔑されて友だちも少い彼に私が近づいていった気持には、たしかにきびしい母にたいする仕返しがあった。

田村に教えられて、初めて煙草をすった時、ひどい罪を犯したような気がした。学校の弓道場の裏で、田村は、まわりの音を気にしながら、制服のポケットから、皺だらけになった煙草の袋をそっとだした。

「はじめから強く吸うから、あかんのやで。ふかすようにしてみいや」

咳きこみながら鼻と咽喉とを刺す臭いに、私はくるしかったが、その瞬間、まぶたの裏に母の顔がうかんだ。まだ暗いうちに、寝床から出て、ロザリオの祈りをやっている彼女の顔である。私はそれを払いのけるために、さっきよりも深く、煙を飲みこんだ。

学校の帰りに映画に行くことも田村から習った。西宮の阪神駅にちかい二番館に田村のあとから、かくれるように真暗な館内に入った。便所の臭気がどこからか漂ってくる。子供の泣き声や、老人の咳払いの中に、映写機の回転する音が単調にきこえる。私は今ごろ、母は何をしているかと考えてばかりいた。

「もう帰ろうや」

何度も田村を促す私に、彼は腹をたてて、

「うるさい奴やな。一人で帰れ」

外に出ると、阪神電車が勤め帰りの人を乗せて、我々の前を通りすぎていった。

「そんなにお袋に、ビクビクすんな」と田村は嘲るように肩をすぼめた。「うまいこと言うたらええやないか」

彼と別れたあと、人影のない道を歩きながら、どういう嘘をつこうかと考えた。家にたどりつくまで、その嘘はどうしても思いつかなかった。

「補講があったさかい。そろそろ受験準備せないかん言われて」

私は息をつめ、一気にその言葉を言った。そして、母がそれを素直に信じた時、胸の痛みと同時にひそかな満足感も感じていた。

正直いって、私には本当の信仰心などなかった。母の命令で教会に通っても、私は手を組み合わせ、祈るふりをしているだけで、心は別のことをぼんやりと空想していた。田村とその後たびたび出かけた映画のシーンや、ある日、彼がそっと見せてくれた女の写真などまでが心に浮かんでくる。チャペルの中で信者たちは立ったり跪いたりしてミサを行う司祭の祈りに従っていた。抑えようとすればするほど、妄想は嘲るように、頭のなかにあらわれてくる。

事実、私はなぜ母がこのようなものを信じられるのか、わからなかった。神父の話も、聖書の出来事も十字架も、自分たちには関係のない、実感のない古い出来事のような気がした。日曜になると、皆がここに集まり、咳ばらいをしたり、子供を叱りながら、両手を組み合わせる気持を疑った。私は時々、そんな自分に後悔と、母へのすまなさとを感じ、もし神があるならば、自分にも信仰心を与えてほしいと祈ったが、そんなことで気持が変るはずはなかった。

もう、毎朝のミサに行くこともやめるようになった。受験勉強があるからというのが口実で、私はそのころから心臓の発作を訴えだした母が、それでも、冬の朝、ひとりで教会に出かける足音を、平気で寝床で聞いていた。やがて、一週に一度は行かねばならぬ日曜日の教会さえ、さぼるようになり、母の手前、家を出ても西宮の、ようやく買物客が集まりだした盛り場を、ぶらぶらと歩き、映画館の立看板をみながら時間をつぶすのだった。

そのころから母はしばしば、息ぐるしくなることがあった。道を歩いていても、時折、片手で胸を押え、顔をしかめたまま、じっと立ちどまる。私は高を括っていた。十六歳の少年には、死の恐怖を想像することはできなかった。発作は一時的なもので、五分もすれば元通りになったから、大した病気ではないと考えていた。実は長い間の苦しみと疲労とが、彼女の心臓を弱らせていたのである。にもかかわらず、母は毎朝五時に起き、重い足をひきずるようにして、まだ人影のない道を、電車の駅まで歩いていくのだった。教会はその電車に乗って二駅目にあったからである。

ある土曜日、私は、どうにも誘惑に勝てず、登校の途中、下車をして、盛り場に出かけた。鞄はそのころ、田村と通いはじめていた喫茶店にあずけることにした。映画がはじまるまで、まだかなりの時間があった。ポケットには一円札が入っていたが、それは、数日前、母の財布から、とったものである。時折、私は母の財布をあける習慣がついていた。夕暮まで映画をみて、何くわぬ顔をして家に戻った。

玄関をあけると、思いがけず、母が、そこに、立っていた。物も言わず、私を見つめている。やがてその顔がゆっくりと歪み、歪んだ頬に、ゆっくりと涙がこぼれた。学校からの電話で一切がばれたのを私は知った。その夜、おそくまで、隣室で母はすすり泣いていた。耳の穴のなかに指を入れ、懸命にその声を聞くまいとしたが、どうしても鼓膜に伝わってくる。私は後悔よりも、この場を切りぬける嘘を考えていた。

役場につれて行ってもらって、出土品を見ていると、窓が白みはじめた。眼をあげるとやっと雨もやんだようである。

「学校のほうば行かれると、もうチトありますがなァ」

中村さんという助役が横にたって心配そうにたずねる。まるでここに何もないのが自分の責任のような表情をしている。役場と小学校にあるのは、私の見たいかくれの遺物ではなく、小学校の先生たちが発掘した上代土器の破片だけだった。

「たとえばかくれのロザリオとか十字架はないのですか」

中村さんはさらに恐縮して首をふり、

「かくれの人たちァ、かくしごとが好きじゃケン。直接行かれるより、仕様がなか。何しろ偏屈じゃからな。あの連中は」

次郎さんの場合と同じように、この中村さんの言葉にもかくれにたいする一種の軽蔑心が感じられる。

天気模様をみていた次郎さんが戻ってきて、

「恢復したけん、明日は、大丈夫ですたい。なら、今から岩島ば見物されてはどうですか」

と奨めてくれた。さきほど、切支丹の墓のある場所で、私が何とかして岩島を見られないかと頼んだからである。

助役はすぐ漁業組合に電話をかけたが、こういう時は、役場は便利なもので、組合では小さなモーターつきの舟を出してくれることになった。

ゴム引きの合羽を中村さんから借りた。次郎さんも入れて三人で港まで行くと、一人の漁師がもう舟を用意している。雨でぬれた板に莫蓙をしいて腰かけさせてくれたが、足もとには汚水が溜まっていた。その水のなかに、小さな銀色の魚の死体が一匹漂っていた。

モーターの音をたてて舟がまだ波のあらい海に出ると、揺れは次第に烈しくなる。波に乗る時はかすかな快感があるが、落ちる時は、胃のあたりが締められるようだ。

「岩島は、よか釣場ですたい。わしら、休日には、よう行くが、先生さまは釣ばなさらんとですか」

私が首をふると、助役は気ぬけした顔をして漁師や次郎さんに、大きな黒鯛を釣った自慢話をはじめた。

合羽は水しぶきで容赦なく濡れる。私は海風のつめたさにさっきから閉口していた。そう言えば、さっきまで鉛色だった海の色がここでは黒く、冷たそうである。私は四世紀前に、ここで数珠つなぎになって放りこまれた信徒たちのことを思った。もし、自分がそのような時代に生まれていたならば、そうした刑罰にはとても耐える自信はなかった。母のことをふと考えた。西宮の盛り場をうろつき、母親に嘘をついていたあのころの自分の姿が急に心に甦った。

島は次第に近くなった。岩島という名の通り、岩だけの島である。頂きだけに、わずかに灌木が生えているようだ。助役にきくと、ここは郵政省の役人が時々、見に行くほかは、町民の釣場として役にたつだけだという。

十羽ほどの鳥が嗄れた声をあげながら頂きの上に舞っていた。灰色の雨空をそれら鳥の声が裂き、荒涼として気味がわるかった。岩の割目も凹凸がはっきりと見えはじめた。波がその岩にぶつかり壮絶な音をたてて白い水しぶきをあげている。

信徒たちを突き落した絶壁はどこかとたずねたが、助役も次郎さんも知らなかった。おそらく一箇所ときめたわけでなく、どこからでも、落したのであろう。

「怖しか、ことですたい」

「今じゃとても考えられん」

私がさっきから思っているようなことは、同じカトリック信者の助役や次郎さんの意識には浮かんではいないらしかった。

「この洞穴は蝙蝠がようおりましてなァ。近づくとチイチイ鳴き声がきこえよる」

「妙なもんじゃな。あれだけ、速う飛んでも、決してぶつからん。レーダーみたいなものが、あるとじゃ」

「ぐうっと一まわりして先生さま、帰りますか」

兇暴に白い波が島の裏側を嚙んでいた。雨雲が割れて、島の山々の中腹が、ようやくはっきり見えはじめた。

「かくれの部落はあそこですたい」

助役は昨夜の神父と同じように、その山の方向を指した。

「今では、かくれの人も皆と交際しているんでしょう」

「まァなァ。学校の小使さんにも一人おられたのォ。下村さん、あれは部落の人じゃったからな。しかし、どうにも厭じゃのォ。話が合わんですたい」

二人の話によると、やはり町のカトリック信者はかくれの人と交際したり結婚するのは何となく躊躇するのだそうである。それは宗教の違いと言うよりは心理的な対立の理由によるものらしい。かくれは今でもかくれ同士で結婚している。そうしなければ、自分たちの信仰が守れないからであり、そうした習慣が彼らを特殊な連中のように、今でさえ考えさせている。

ガスに半ばかくれたあの山の中腹で三百年もの間、かくれ切支丹たちは、ほかのかくれ部落と同じように、「お水役」「張役」「送り」「取次役」などの係をきめ、外部の一切にその秘密組織がもれぬように信仰を守りつづけたはずである。祖父から父親に、父親からその子にと代々、祈り《オラシヨ》を伝え、その暗い納戸に、彼らの信仰する何かを祭っていたわけである。私はその孤立した部落を何か荒凉としたものを見るような気持で、山の中腹に探した。だが、もちろん、そこはここから眼にうつるはずはなかった。

「あげん偏屈な連中に、先生、なして興味ば持たれるとですか」

助役さんは、ふしぎそうに私にたずねたが、私はいい加減な返事をしておいた。

秋晴れの日、菊の花をもって墓参りに行った。母の墓は府中市のカトリック墓地にある。学生時代から、この墓地に行く道を幾度、往復したか知らない。昔は栗や椽の雑木林と麦畑とが両側に拡がって、春などは結構、いい散歩道だったここも、今は、真直ぐなバス道路が走り、商店がずらりと並んだ。あのころ、その墓地の前にぽつんとあった小屋がけの石屋まで、二階建て建物になってしまった。来るたびに一つ一つの思い出が心に浮かぶ。大学を卒えた日も墓参した。留学で仏蘭西に行く船にのる前日にもここにきた。病気になって日本に戻った翌日、一番先に飛んできたのもここである。結婚する時も、入院する時も、欠かさず、この墓にやってきた。今でも妻にさえ黙ってそっと詣でることがある。ここは誰にも言いたくない私と母の会話の場所だからである。親しい者にさえ狎れ狎れしく犯されまいという気持が私の心の奥にある。小径を通りぬける。墓地の真中に聖母の像があって、その回りに一列に行儀よく並んだ石の墓標は、この日本で骨をうずめた修道女たちの墓地である。それを中心に白い十字架や石の墓がある。すべての墓の上に、あかるい陽と静寂とが支配している。

母の墓は小さい。その小さな墓石をみると心が痛む。回りの雑草をむしる。虫が羽音をたて一人で働いている。私の回りを飛びまわる。その羽音以外、ほとんど物音がしない。

柄杓の水をかけながら、いつものように母の死んだ日のことを考える。それは私にとって辛い思い出である。彼女が、心臓の発作で廊下に倒れ、息を引きとる間、私はそばにいなかった。私は田村の家で、母が見たら泣きだすようなことをしていたのである。

その時、田村は、自分の机の引出しから、新聞紙に包んだ葉書の束のようなものを取りだしていた。そして、何かを私にそっと教える際、いつもやるうすら笑いを頬にうかべた。

「これ、そこらで売っとる代物と違うのやで」

新聞紙の中には十枚ほどの写真がはいっていた。写真は洗いがわるいせいか、縁が黄色く変色している。影のなかで男の暗い体と女の白い体とが重なりあっている。女は眉をよせ苦しそうだった。私は溜息をつき、一枚一枚をくりかえして見た。

「助平。もうええやろう」

どこかで電話がなり、誰かが出て、走ってくる足音がした。素早く田村は写真を引出しに放りこんだ。女の声が私の名を呼んだ。

「早う、お帰り。あんたの母さん、病気で倒れたそうやがな」

「どないしてん」

「どないしたんやろ」私はまだ引出しの方に眼をむけていた。「どうして俺、ここにいること、知ったんやろな」

私は母が倒れたということよりも、なぜ、ここに来ているのがわかったのかと不安になっていた。彼の父親が遊廓をやっていると知ってから、母は、田村の家に行くことを禁じていたからである。それに母が心臓発作で寝こむのは、近ごろ、そう珍しいことではなかった。しかし、そのつど、名前は忘れたが、医師がくれる白い丸薬を飲むことで、発作は静まるのだった。

私はのろのろと、まだ陽の強い裏道を歩いた。売地とかいた野原に錆びたスクラップが積まれていた。横に町工場がある。工場では何を打っているのか、鈍い、重い音が規則ただしく聞えてくる。自転車にのった男が向うからやってきて、その埃っぽい雑草のはえた空地で立小便をしはじめた。

家はもう見えていた。いつもと全く同じように、私の部屋の窓が半分あいている。家の前では近所の子供たちが遊んでいる。すべてがいつもと変りなく、何かが起った気配はなかった。玄関の前に、教会の神父が立っていた。

「お母さんは……さっき、死にました」

彼は一語一語を区切って静かに言った。その声は馬鹿な中学生の私にもはっきりわかるほど、感情を押し殺した声だった。その声は、馬鹿な中学生の私にもはっきりわかるほど、皮肉をこめていた。

奥の八畳に寝かされた母の遺体をかこんで、近所の人や教会の信者たちが、背をまげて坐っていた。だれも私に見向きもせず、声もかけなかった。その人たちの固い背中が、すべて、私を非難しているのがわかった。

母の顔は牛乳のように白くなっていた。眉と眉との間に、苦しそうな影がまだ残っていた。私はその時、不謹慎にも、さっき見たあの暗い写真の女の表情を思いだした。この時、はじめて、自分のやったことを自覚して私は泣いた。

桶の水をかけ終り、菊の花を墓石にそなえつけた花器にさすと、その花に、さきほど顔の回りをかすめていた虫が飛んできた。母を埋めている土は武蔵野特有の黒土である。私もいつかはここに葬られ、ふたたび少年時代と同じように、彼女と二人きりでここに住むことになるだろう。

助役は私に、なぜ、かくれなどに興味を持つのかとたずねたが、いい加減な返事をしておいた。

かくれ切支丹に関心を抱く人は近ごろ、随分、多くなっている。比較宗教学の研究家たちには、この黒教と呼ばれる宗教は恰好の素材である。NIIKも幾度か、五島や生月のかくれたちをテレビで写したし、私の知っている外人神父たちも、長崎に来ると、たずねまわる方が多いようである。だが、私にとって、かくれに興味があるのは、たった一つの理由のためである。それは彼らが、転び者の子孫だからである。その上、この子孫たちは、祖先と同じように、完全に転びきることさえできず、生涯、自分のまやかしの生き方に、後悔と暗い後めたさと屈辱とを感じつづけながら生きてきたという点である。

切支丹時代を背景にしたある小説を書いてから、私はこの転び者の子孫に次第に心惹かれはじめた。世間には嘘をつき、本心は誰にも決して見せぬという二重の生き方を、一生の間、送らねばならなかったかくれの中に、私は時として、自分の姿をそのまま感じることがある。私にも決して今まで口には出さず、死ぬまで誰にも言わぬであろう一つの秘密がある。

その夜、神父や次郎さんや助役さんと酒を飲んだ。昼食の時、給仕をしてくれたおばさんの修道女が、大きな皿に生海胆と鮑とをいっぱいに盛って出してくれた。地酒は、甘すぎて、辛口しか飲まぬ私には残念だったが、生海胆はあの長崎のものが古いと思われるほど、新鮮だった。さっきまで、やんでいた雨がまた降りはじめた。酔った次郎さんが、唄を歌いはじめた。

むむ　参ろうやなあ　参ろうやなあ
パライゾの寺にぞ、参ろうやなあ

むむ
パライゾの寺とな　申するやなあ
広い寺とは申するやなあ
広いなあ狭いは、わが胸にであるぞやなァ

この歌は私も知っていた。二年前、平戸に行った時、あそこの信者が教えてくれたからである。リズムは把えがたく憶えられなかったが、今、どこかもの悲しい次郎さんの歌声を聞いていると、眼にかくれたちの暗い表情が浮かんでくる。頬骨が出て、くぼんだ眼で、どこか一点をじっと見ている顔。長い鎖国の間、二度とくるはずのない宣教師たちの船を待ちながら、彼らはこの唄を小声で歌っていたのかもしれぬ。

「不動山の高石つぁんの牛が死んだとよ。よか牛じゃったがなァ」

神父はあの東京のパーティであった時とは違っていた。一合ほどの酒で、もう首まで赤黒くなりながら、助役を相手に話している。今日一日で、神父も次郎さんもどうやら私に他国者《よそもの》意識を棄ててくれたのかも知れぬ。東京の気どった司祭たちとちがって農民の一人といったこの司祭に、次第に好意を感じてくる。

「不動山の方にもかくれはいますか」

「おりまっせん。あそこは、全部、うちの信者ですたい」

神父は少し胸を張って言い、次郎さんと助役さんは重々しい顔でうなずいた。朝から気づいたことだが、この人たちはかくれを軽蔑し、見くだしているようである。

「そりゃァ、仕方なかですたい。つき合いをせんじゃから。いわば結社みたいなもんですたい。あの人たちは」

五島や生月ではかくれは、もうこの島ほど閉鎖的ではない。ここでは信者たちでさえ彼らの秘密主義に警戒心を抱いているようにみえる。だが、次郎さんや中村さんだって、かくれの先祖を持っているのである。それに二人が今、気がついていないのが、少し、おかしかった。

「一体、何を拝んでいるのでしょう」

「何を拝んどりますか。ありゃァ、もう本当の基督教じゃなかです」神父は困ったように溜息をついた。「一種の迷信ですたい」

また、面白い話をきいた。この島では、カトリック信者が、新暦でクリスマスや復活祭を祝うのにたいし、かくれたちは旧暦でそっと同じ祭を行うのだそうである。

「いつぞや、山ばのぼっとりましたらな、こそこそと集まっとるです。あとで聞いたら、あれがかくれの復活祭でしたたい」

助役と次郎さんとが引きあげたあと、部屋に戻った。酒のせいか、頭が熱っぽいので窓をあけると、太鼓を叩くような海の音が聞える。闇はふかくひろがっていた。海の音がさらにその闇と静寂とを深くしているように私には思えた。今までいろいろなところで夜を送ったが、このような夜のふかさは珍しかった。

私は、長い長い年数の間、この島に住んだかくれたちも、あの海の音を聞いたのだなと感無量だった。彼らは肉体の弱さや死の恐怖のため信仰を棄てた転び者の子孫である。役人や仏教徒からも蔑まれながら、かくれは五島や生月や、この島に移住してきた。そのくせ、祖先たちからの教えを棄てきれず、と言っておのが信教を殉教者たちのように敢然とあらわす勇気もない。その恥ずかしさをかくれはたえず嚙みしめながら生きてきたのだ。

頰骨が出て、くぼんだ眼で、じっと一点を見つめているような、ここ特有の顔は、そうした恥ずかしさが次第につくりあげたものである。昨日、一緒にフェリー・ボートに乗った四、五人の男たちも次郎さんも助役も、みんな同じような顔をしている。そしてその顔に、時折、狡さと臆病との入りまじった表情がかすめる。

かくれの組織は、五島や生月やここでは多少の違いがあるが、司祭の役割をするのが、張役とか爺役で、その爺役から、みんなは、大切な祈り《オラショ》を受けつぎ、大事な祭の日を教えられる。赤ん坊が生まれると洗礼をさずけるのは、水方である。所によっては爺役と水方とを兼任させる部落もある。そうした役職は代々、世襲制にしているところが多い。その下にさらに五軒ぐらいの家で、組を作っている例を、私は生月で見たことがある。

かくれたちはもちろん、役人たちの手前、仏教徒を装っていた。檀那寺をもち、宗門帳にも仏教徒として名を書かれていた。ある時期には、祖先たちと同じように、役人たちの前で踏絵に足をかけねばならない時もあった。踏絵を踏んだ日、彼らは、おのが卑怯さとみじめさを噛みしめながら部落に戻り、おテンペンシャと呼ぶ緒でつくった縄で体を打った。おテンペンシャは、ポルトガル語のデシピリナを、彼らが間違えて使った言葉で、本来「鞭」という意味だそうである。私は東京の切支丹学者の家で、その鞭《おテンペンシャ》を見たことがある。四十六本の縄をたばねたもので、実際、腕を叩いてみるとかなり痛かった。かくれたちはこの鞭で身を打つのである。

だがそんなことで、彼らの後めたさが晴れるわけではなかった。裏切者の屈辱や不安が消えるわけではなかった。殉教した仲間や自分たちを叱咤した宣教師のきびしい眼が遠くから彼らをじっと見つめていた。その咎めるような眼差しは心から追い払おうとしても追い払えるものではなかった。だから彼らの祈り《オラシヨ》を読むと、今の基督教祈禱書の翻訳調の祈りとはちがった、たどたどしい悲しみの言葉と許しを乞う言葉が続いているのだ。字をよめぬかくれたちが、一つ一つ口ごもりながら呟いた祈りはすべてその恥ずかしさから生まれている。「でうすのおんはあ、サンタ・マリア、われらは、これが、さいごーにて、われら悪人のため、たのみたまえ」「この涙の谷にてうめき、なきて御身にねがい、かけ奉る。われらがおとりなして、あわれみのおまなこを、むかわせたまえ」

私は闇のなかの海のざわめきを聞きながら、畠仕事と、漁との後、それらのオラショを嗄れた声で呟いているかくれの姿を心に思いうかべる。彼らは自分たちの弱さが、聖母のとりなしで許されることだけを祈ったのである。なぜなら、かくれたちにとって、デウスは、きびしい父のような存在だったから子供が母に父へのとりなしを頼むように、かくれたちはサンタ・マリアに、とりなしを祈ったのだ。かくれたちにマリア信仰がつよく、マリア観音を特に礼拝したのもそのためだと私は思うようになった。

寝床に入っても、寝つかれなかった。うすい蒲団のなかで、私は小声で、さっき次郎さんが教えてくれた唄の曲を思いだそうとしたが無駄だった。

夢を見た。夢のなかで、私は胸の手術を受けて病室に運ばれてきたばかりらしく、死体のようにベッドに放り出されていた。鼻孔には酸素ボンベにつながれたゴム管が入れられ、右手にも右足にも針が突っこまれていたが、それはベッドに括りつけた輸血瓶から血を送るためだった。私は意識を半ば失っているはずなのに、自分の手を握ってくれている灰色の翳が誰かわかっていた。それは母で、母のほか病室には医師も妻もいなかった。

母が出てくるのはそんな夢のなかだけではなかった。夕暮の陸橋の上を歩いている時、ひろがる雲に、私はふと彼女の顔を見ることがあった。酒場で女たちと話をしている時、話が跡切れて、無意味な空白感が心を横切る折、突然、母の存在を横に感じることもある。真夜中まで、上半身を丸めるようにして仕事をしている時、急に彼女を背後に意識することもある。母はうしろから、こちらの筆の動きを覗きこむような恰好をしている。仕事の間は、子供はもちろん、妻さえ、絶対に書斎に入れぬ私なのに、その場合、ふしぎに母は邪魔にならない。気を苛立たせもしない。

そんな時の母は、昔、一つの音を追い求めてヴァイオリンを弾き続けていたあの懸命な姿でもない。車掌のほかは誰もいない、阪急の一番電車の片隅でロザリオをじっと、まさぐっていた彼女でもない。両手を前に合わせて、私を背後から少し哀しげな眼をして見ている母なのである。

貝のなかに透明な真珠が少しずつ出来あがっていくように、私は、そんな母のイメージをいつか形づくっていたのにちがいない。なぜなら、そのような哀しげなくたびれた眼で私を見た母は、ほとんど現実の記憶にないからだ。

それがどうして生まれたのか、今では、わかっている。そのイメージは、母が昔、持っていた「哀しみの聖母《マーテル・ドロロサ》」像の顔を重ね合わせているのだ。

母が死んだあと、彼女の持物や着物や帯は、次々と人が持っていった。形見分けと言って、中学生の私の眼の前で叔母たちはまるでデパートの品物をひっくりかえすように、箪笥の引出しに手を入れていたが、そのくせ、母には最も大事だった古びたヴァイオリンや、長年使っていたボロボロの祈禱書や針金が切れかかったロザリオには見向きもしなかった。そして叔母たちが、棄てていったもののなかに、どこの教会でも売っているこの安物の聖母像があった。

私は母の死後、その大事なものだけを、下宿や住いを変えるたびに箱に入れて持って歩いた。ヴァイオリンはやがて絃も切れ、罅がはいった。祈禱書の表紙もとれてしまった。そしてその聖母像も昭和二十年の冬の空襲で焼いた。

空襲の翌朝は真青な空で、四谷から新宿まで褐色の焼けあとがひろがり、余燼は至る所にくすぶっていた。私は自分のいた四谷の下宿のあとにしゃがみ、木切れで、灰の中をかきまわし、茶碗のかけらや、わずかな頁の残った字引の残骸をほじくり出した。しばらくして何か固いものにさわり、まだ余熱の残った灰のなかに手を入れると、その聖母の上半身だけが出てきた。石膏はすっかり変色して、前には通俗的な顔だったものがさらに醜く変っていた。それも今では歳月を経るにしたがって、さらに眼鼻だちもぼんやりとしてきている。結婚したあと、妻が一度、落したのを接着剤でつけたため、よけいにその表情がなくなったのである。

入院した時も私はその聖母を病室においていた。手術が失敗して二年目がきたころ、私は経済的にも精神的にも困じ果てていた。医師は私の体に半ば匙を投げていたし、収入は跡絶えていた。

夜、暗い灯の下で、ベッドからよくその聖母の顔を眺めた。顔はなぜか哀しそうで、じっと私を見つめているように思えた。それは、今まで私が知っていた西洋の絵や彫刻の聖母とはすっかり違っていた。空襲と長い歳月に罅が入り、鼻も欠けたその顔には、ただ、哀しみだけを残していた。私は仏蘭西に留学していた時、あまたの「哀しみの聖母」の像や絵画を見たが、もちろん、母の形見は、空襲や歳月で、原型の面影を全く失っていた。ただ残っているのは哀しみだけであった。

おそらく私はその像と、自分にあらわれる母の表情とをいつか一緒にしたのであろう。時にはその「哀しみの聖母」の顔は、母が死んだ時のそれにも似て見えた。眉と眉との間にくるしげな影を残して、蒲団の上に寝かされていた、死後の母の顔を私ははっきりと憶えている。

母が、私に現われることを妻に話したことはあまりない。一度、それを口に出した時、妻は口では何かを言ったが、あきらかに不快な色を浮かべたからである。

ガスは一面にたちこめていた。

そのガスのなかから、鳥の鳴く声がきこえてきたので、部落がやっと近くなったことがわかる。ここまでくるまでは、やはり肺活量の少い私には相当の難儀だった。山道の傾斜もかなり急だったが、それより次郎さんから借りた長靴では粘土の道が滑るので閉口した。

これでもよい方なのだと、中村さんが弁解する。昔は、このガスでは見えぬが南にある山道しかなくて、部落まで行くには半日がかりだったそうである。そういう尋ねにくい場所に住んだのも、かくれたちが役人の眼を避ける知恵だったのだろう。

両側は、段々畠で、ガスのなかに樹木の黒い翳がぼんやりみえ、鳥の鳴き声がさらに大きくなった。昨日たずねた岩島の上にも、鳥の群れが舞っていたのを思いだした。畠で働いていた親子らしい女と子供に中村さんが声をかけると、母親は頬かぶりを取って丁寧に頭を下げる。

「川原菊市つぁんの家は、この下じゃったな。東京から、話ばしといた先生さまが来なさったばってん」

子供は私のほうを珍しそうに見つめていたが、母親に叱られて畠のなかを駆けていった。助役さんの知恵で、町から手土産の酒を買ってきた。道中は次郎さんが持ってくれたのだが、その一升瓶を受けとり、私は二人のあとから部落に入った。部落のなかで、ラジオの歌謡曲が聞えてきた。モーターバイクを納屋においてある家もある。

「若い者はみなここを出たがりますたい」

「町に行くのですか」

「いや、佐世保や平戸に出かせぎに行っとる者の多かですたい。やはり島ではかくれの子と言われれば働きにくかとでしょう」

鳥はどこまでも追いかけてきた。今度は藁ぶきの屋根にとまって鳴いている。まるで我々の来たことをこの人たちに警告しているようである。

川原菊市さんの家は、ほかの家よりやや大きく、屋根も瓦ぶきで、うしろ側に楠の大木がある。その家を見ただけで、私は菊市さんが「爺役」――つまり、司祭の役をしているのだとすぐわかった。

私を外に待たしたまま、中村さんは、しばらく家の中で、家族と交渉していた。さっきの子供が、ずりさがったズボンに手を入れて、少し離れたところで私たちを見ていた。気がつくとこの子供は泥だらけのはだしである。鳥がまた鳴いている。

「厭がっているようですね、我々に会うのを」

次郎さんに言うと、

「ナーニ、助役さんが話せば、大丈夫ですたい」

私を少し安心させてくれた。

やっと話がついて土間のなかに入ると、一人の女が、暗い奥からこちらをじっと見ている。私は一升瓶を名刺代りだと差し出したが返事はなかった。

家のなかはひどく暗い。天候のせいもあるが、晴れていてもこの暗さはそれほど変りあるまいと思われるほどだった。そして、一種独特の臭いが鼻についた。

川原菊市さんは六十ほどの年寄りで、私の顔を直視せず、どこか別のところを見つめているような怯えた眼つきで返事をする。その返事も言葉少く、できれば、早く帰ってほしいような感じだった。話が幾度か跡切れるたび、部屋のなかはもちろん、土間の石臼や莚や藁の束にまで私は視線をむけた。爺役の杖か、納戸神のかくし場所を探していたのである。

爺役の杖は、爺役だけの持つもので、洗礼を授けに行く時は樫の杖を使い、家払いにはグミの杖を使うが決して竹は用いない。それは切支丹時代に、司教が持った杖を真似たことは明らかである。

注意ぶかく見たのだが、もちろん杖も納戸神のかくし場所もわからない。私はやっと菊市さんたちの伝承している祈り《オラシヨ》をきいたが、そのオラショは、他のかくれたちの祈りと全く同じで、たどたどしい悲しみの言葉と許しを乞う言葉で埋められていた。

「この涙の谷にてうめき、なきて御身にねがい、かけ奉る」菊市さんは一点を見つめたま、一種の節をつけながら呟いた。「われらがおとりなして、あわれみのおまなこを、むかわせたまえ」その節まわしは昨夜、次郎さんが歌った歌と同じように、不器用な言葉をつなぎあわせ、何ものかに訴えているようだった。

「この涙の谷にてうめき、なきて」

私も菊市さんの言葉を繰りかえしながら、その節を憶えようとした。

「御身にねがい、かけ奉る」

「御身にねがい、かけ奉る」

「あわれみのおまなこを」

「あわれみのおまなこを」

瞼の裏に、年に一度、踏絵を踏まされ寺参りを強いられた夜に部落に戻った後、この暗い家の中でそれら祈りを唱えるかくれたちの姿が浮かんでくる。「われらがおとりなして、あわれみのおまなこを……」

烏が鳴いている。私たちはしばらくの間、黙って、縁側のむこうに一面ながれてくるガスを眺めていた。風が出てきたのか、乳色のガスの流れは速くなっている。

「納戸神を、見せて……もらえないでしょうか」

私は口ごもりながら頼んだが菊市さんの眼は別の方向にむいたまま、返事がない。納戸神とは、言うまでもなく別に切支丹用語ではなくて、納戸に祭る神の意味だったが、かくれたちの間では自分の祈る対象を、人目に最もつかぬ納戸にかくして、世間には納戸神と呼び役人の眼をごまかしていたのである。そしてその納戸神の実体を、信仰の自由を認められた今日でさえ、かくれたちは異教徒《ゼンチヨ》に見せたがらない。異教徒《ゼンチヨ》に見せれば、納戸神に穢れを与えると信じているかくれも多いのである。

「せっかく、東京から来なさったばってん、見せてあげたらよかに」

中村さんが少しきつく頼むと、菊市さんはやっと腰をあげた。

そのあとから我々が土間を通りすぎると、さっきの暗い部屋から女が異様なほど眼をすえてじっとこちらを見つめていた。

「気をつけなっせ」

腰をかがめねば通れぬ入口を通り納戸にはいる時、次郎さんが背後から注意してくれた。土間よりも、もっと薄暗い空間には、藁と馬鈴薯の生ぐさい臭いがする。真向いに蠟燭をおいた小さな仏壇がある。偽装用のものであろう。菊市さんの視線は左の方に向いている。その視線の方向に入口から入ってもすぐには眼に入らぬ浅黄色の垂幕が二枚、垂れている。棚の上には餅と、神酒《みき》の白い徳利とが置かれている。菊市さんの皺だらけの手が、その布をゆっくりとめくりはじめる。黄土色の掛軸の一部分が次第に見えてくる。「絵ですたい」うしろで次郎さんが溜息をついた。

キリストをだいた聖母の絵――。いや、それは乳飲み児をだいた農婦の絵だった。子供の着物は薄藍で、農婦の着物は黄土色で塗られ、稚拙な彩色と絵柄から見ても、それはこのかくれの誰かがずっと昔描いたことがよくわかる。農婦は胸をはだけ、乳房を出している。帯は前むすびにして、いかにものら着だという感じがする。この島のどこにもいる女たちの顔だ。赤ん坊に乳房をふくませながら、畠を耕したり網をつくろったりする母親の顔だった。私はさきほど頰かむりをとって助役さんに頭をさげていたあの母親の顔を急に思いだした。次郎さんは苦笑している。中村さんも顔だけは真面目を装っていたが、心のなかでは笑っていたにちがいない。

にもかかわらず、私はその不器用な手で描かれた母親の顔からしばし、眼を離すことができなかった。彼らはこの母の絵にむかって、節くれだった手を合わせて、許しのオラシヨを祈ったのだ。彼らもまた、この私と同じ思いだったのかという感慨が胸にこみあげてきた。昔、宣教師たちは父なる神の教えを持って波濤万里、この国にやって来たが、その父なる神の教えも、宣教師たちが追い払われ、教会が毀されたあと、長い歳月の間に日本のかくれたちのなかでいつか身につかぬすべてのものを棄てさりもっとも日本の宗教の本質的なものである母への思慕に変ってしまったのだ。私はその時、自分の母のことを考え、母はまた私のそばに灰色の翳のように立っていた。ヴァイオリンを弾いている姿でもなく、ロザリオをくっている姿でもなく、両手を前に合せ、少し哀しげな眼をして私を見つめながら立っていた。

部落を出るとガスが割れて、はるかに黒い海が見えた。海は今日も風が吹き荒れているらしかった。昨日たずねた岩島はみえぬ。谷には霧がことさらふかい。鳥が霧にうかぶ木々の影のどこかで鳴いている。「この涙の谷にて、われらがおとりなして、あわれみのおまなこを」私は先ほど、菊市さんが教えてくれたオラショを心のなかで呟いてみた。かくれたちが唱えつづけたそのオラショを呟いてみた。

「馬鹿らしか。あげんなものば見せられて、先生さまも、がっかりされたとでしょ」

部落を出た時、次郎さんは、それがいかにも自分の責任のように幾度かわびた。助役さんは我々の前を途中で拾った木の枝を杖にして、黙って歩いていた。その背中が固い。彼が何を考えているのかはわからなかった。

解説

田中千禾夫

本書の特長は三つの重層的構成である。

重層というのは、㈠ある史蹟を踏査しながら、㈡往時の「現実」を考証し、最後に、㈢作者の青少年時代が自伝的に投入される。過去と現実とが、また作者と史上の人物とが投影し合うという手法である。三つが絡み合っている。

一、地理的考証

表題の「切支丹の里」から、具体的な地名をすぐに思いつくとすれば「長崎」以外にはあるまい。切支丹が栄え、また虐められた地は日本全国に分散しているから、我こそその里だと主張できるだろうが、代表を選ぶとすれば前記の場所であることに異論はないであろう。(京都などは「里」ではなく「都」である。)現在でも長崎管区は全国一である。

そこで「切支丹の里」は、著者が丹念に渉猟した足跡を辿ってあらましを言うならば、現在の長崎市を要《かなめ》とし、大村市、島原半島の南半分の海岸地帯、西彼杵《そのぎ》半島の外海地方と北端、五島、そして北松浦の平戸地方を含み、長崎県全般にわたっている。

二、歴史的考証
ザビエル渡来して四十年、興隆期を迎えていたキリスト教（ただし、ここでは旧教、即ちカトリックを指す。新教、即ちプロテスタントと混同され易いので、老爺心ながら断わっておきたい。著者も書中、事に触れて両者の違いについて触れる）は、天正十五年、切支丹史上では有名な秀吉の豹変的禁教令で最初の重大な試練に遭う。

その結果として十年後、長崎で、二十六聖人の殉教のこと。

最初の切支丹大名と称され、節を全うし得た幸運の大村純忠のこと。居城は大村。

長崎開港から、一時、切支丹の租借地のごときにすらなるにいたるまでのこと。

転び切支丹のこと。特に、管区長に比すべき長老格の神父フェレイラ。背教して沢野忠庵（中庵）と和名を名乗った、についてはかなりのページが割かれている。長崎市寺町の西勝寺に保存されている転び証文の一つから、転びの証人三人の筆頭に中庵の署名のあるのを発見したのはお手柄というべきか。

悲劇の切支丹大名、有馬晴信のこと。

その領地、島原半島の有馬地区。ここに切支丹学院が設けられ、活字印刷機で切支丹文書の一つが刊行されたり、西欧的文化が仇花的に開いたこと。

「転び」から「かくれ」への転移のこと。そのコンプレックスに寄せる著者の同情。納戸に秘す宝、納戸神は幼稚な肉筆の日本的母子像が多いこと。正宗白鳥の懐疑に関する省察。父なる神と母なる神のこと。日本人の宗教心の傾向。

三、自伝的要素

篤い信者であった著者の亡き母君への追慕。中学生としての怠惰によって母を苦しめたことの苦い自省の告白は、あたかも踏絵を踏んだ弱き者が聖母マリアを通して宥しを請うがごときである。

本書がとくに切支丹関係者にかぎらず、一般の興味を引き得るのは以上の三要素の配合の妙の故であろう。また、別言すれば『沈黙』のための取材報告とも看做《みな》し得るであろう。作者が作品のリアリティを確保するためにいかなる努力を払うかを知ることができるし、また、創作の秘訣をも窺い知ることもできるであろう。

「真黒な崖が次第に近づいてきました。浜から腐った海草の臭いが漂い、舟底を砂がひっかきはじめると、若者は、舟から飛びおり、海に足をつけて両手で舳を押しはじめました。私も浅瀬に足をつけ、海から空気を深く吸いこみながらやっと浜に上りました」（『沈黙』）

のごとき一節は、本書、「弱者の救い」の中の「中江ノ島」の一節を私に思い出させる。

「島の裂け目から右に舟が進むと、ようやくわずかな浜がみえ、岩と岩とにはさまれて海草がゆらいでいる。（中略）

私は裸足のまま、油で光ったような黒い岩に飛びうつる。そこで靴をはき、岩から岩を歩きながら、やっと僅かな砂地にたどりつく」

この島は平戸島の北、「かくれ」で名高い生月島の沖合にある無人島で彼らの聖地になっている。本文庫に採録されてはいないが（人文書院刊、四六判収載）、祠の中の三体の人形の写真はまことに珍しい。

結果として長崎の町は著者には第二の故郷にすらなったかのようで、そうさせた個人的交際もできたからでもあるが、しかし、最初から『沈黙』の素材地としてここを選んだわけではない。単なる旅行者としてであったし、しかも、たまたま、有名な大浦天主堂の観光景気を避けて、近くの、あまり有名でない十六番館という小さな史料館に何となく足を踏み入れ、そこで一枚の踏絵を見つけなかったならば、あるいは『沈黙』は生れず、長崎もそれきりになったかもしれない。生れても別の形を採ったであろう。

『沈黙』の発想は、おそらく漠然と心底に抱かれていたのが、この出逢いによって強く推進させられることになり、以後、取材を目的として、たびたび訪れるようになったのである。

（「私はエピキュリアンが長崎には多いような気がしてならぬ」と同調的な感想を洩らしているのが、長崎生まれの私には微笑ましい。）

その発想の土台になった思想を著者は左のように強く訴えている。

「だが弱者たち（殉教者になれなかった者、おのが肉体の弱さから拷問や死の恐怖に屈伏して棄教した者）もまた我々と同じ人間なのだ。（中略）その悲しみや苦しみにたいして小説家である私は無関心ではいられなかった。（中略）彼等をふたたびその灰のなかから生きかえらせ、歩かせ、その声をきくことは――それは文学者だけができることであり、文学とはまた、そういうものだと言う気がしたのである」

多くの切支丹文献が殉教者を讃美して、転び者への顧慮をまったく欠いていることへの不満が裏側にある。と言ってカトリック信者、遠藤周作は弱者をまったく肯定し、殉教を否定しているのでは決してない。近代の合理家が殉教は虚栄心だ、などとしたり顔に言うのを嘆くのである。

「小説を書きだして十年、彼はすべての人間の行為の中にエゴイズムや虚栄心などを見つけようとする近代文学が段々、嫌いになってきた。水が笊からこぼれるように、そうした人間の視かたのために我々は最も大事なものを喪っていったのではないか」

これは「雲仙」と題する小説風の文中の一節である。弱者に観点を置く著者の作風は、近頃、信徒間に誤解を招いているやに仄聞するが、この一節をあえて聞かせたいと私は思う。

なお、右の文中に神父コリヤドが編んだ『切支丹告白集』なるものが紹介されている。古本屋でふと見つけた本、となっているので芥川龍之介流に作者の仮構みたいな感がしたが、そうではあるまい。原文の一端が引用してあるが、慶長頃と思われる面白い文体である。これを読んだ主人公（つまり作者自身）はこう思った。「もし自分が同じ時代に生れあわせていたならば、（中略）誰かが切支丹信仰のことを悪しざまに罵っても眼を伏せて、知らぬ顔をしていたろう。いや、転べと言われれば、自分や妻子の命を全うするために、転び証文さえ作ったかもしれない」（原文。我等が女房子供の命を逃れうずるために、終に口ばかりで転ろびまらした）

（たなか・ちかお　劇作家）

〈文庫新装版刊行によせて〉

カトリック教徒、遠藤周作

三浦　朱門

時々、錯覚する人がいるようだが、遠藤は生まれながらのキリスト教徒ではない。中国大陸でビジネスをしていた父親に愛人ができて、母親が離婚して日本の大阪に戻った。遠藤は父親の愛人には馴染めず、日本に戻って母親の元にいた。ところが母親は離婚のわびしさからであろうか、妹の影響を受けて教会に行くようになり、キリスト教徒（カトリック）になった。遠藤はいわば母親に深く寄り添うために、洗礼を受けてカトリックになった。だから彼はしばしば私には誇らしげに、こう言ったものである。

「オレはなあ、母親にすがり付くような意味で教会に行くようになり、神父とも知り合いになった。母親と一体化するような意味でカトリックになったのだ。その点お前（私のことである）は、大人になって自分の精神が信仰を求めていると自覚して洗礼を受けた。だからお前はオレと違ってキリスト教、カトリックの本質がわかっているはずだ。オレにキリスト教の本質を教えてくれ」

これは遠藤の私に対する皮肉である。つまり、幼児洗礼と言われる、家庭がキリスト教であるがゆえに、自我が目覚めないうちに洗礼を受けた人間と違って、私のような大人になって洗礼を受けたものは、キリスト教、カトリックについての精神的理解があるはず、というわけである。

ところが私も、それほど積極的な信仰心があって洗礼を受けたわけではない。私には三歳年上の姉がいた。私が中学三年の頃、当時の聖心女子学院の専門部にいた彼女が洗礼を受けた。私は姉が学校の雰囲気に流されて、深い信仰もないのに洗礼を受けたと思って、姉を批判した。

「お姉ちゃんは、友だちや先生が作る学校の雰囲気に惑わされてキリスト教徒になったのだろう。キリスト教がわかっているとは思えない」

そう言って私は姉の信仰を批判した。そして姉の信仰が軽薄なものであることを証拠づけようとして、キリスト教についての様々な質問をした。それに対する姉の言葉を確かめるために、私もやむをえず聖書を読み、カトリックの勉強をするようになり、気がついてみると、私もかなりのキリスト教についての知識を持つようになった。

私の両親はいわゆる「大正リベラリズム」と言われる一九二〇年代、第一次大戦後のヨーロッパ文明の影響を受けて青春を送った。それで大正時代の若者は、文明開化を唱えた明治人とは違う、新しいヨーロッパを身につけようとしたのだ。私の父は、外語大学、当時の東京外語のイタリア語科の生徒だった。なぜイタリア語を選んだかというと、親類のうちの一人がイタリアと珊瑚の貿易をしていて、その代表的な土地がイタリア半島だったからである。徳川時代から、日本には珊瑚を装飾に使う伝統があって、明治になってからはそれが新しいヨーロッパの文明を受け入れる、一つの道になった。

母は新潟の農家の出だったが、一家の農業が破綻して、農地を処分して上京した。そこで選んだ仕事が、当時、モダーンだったオペラのコーラスである。オペラと言えばイタリアだ。オペラの装飾には珊瑚がつきものである。そこに父との接点ができ、その過程において、父はオペラの翻訳の仕事を手伝うことになった。

当時、義務教育以上の教育を受けた女性と言えば、今では女子大の中途退学にでも相当したであろう。母は女学校に進学しなかった多くの同級生と違って、女子工員にはなりたくなかったらしい。それでいくらかハイカラな感じのする、オペラに入ったのだが、その下っぱのオペラ女優になって、父親と接触するようになった。

つまり私の両親はオペラを通じて男女の仲になったのである。両親のヨーロッパ文化というものは、イタリアのルネッサンス以降の文明の影響が強かった。

従って私の家には神棚もなければ仏壇もなかった。別にキリストを祭っていたわけではないが、我が家では神と言えば何となくキリスト教の神を意味する雰囲気があった。

私の家には何となくキリスト教に抵抗を感じない雰囲気があった。遠藤は大陸にいた両親が離婚して母親が大阪に戻った。母親は離婚したわびしさを慰めるためでもあろう、妹、つまり周作の叔母の影響を受けて教会に行くようになった。周作少年も、母との距離をより縮めるために母親について教会に行くようになり、母親が洗礼を受けると、わけもわからず周作少年も洗礼を受けた。

だから大人になって洗礼をうけた私に向かってイヤミを込めて、こう言った。

「お前はオレと違って、立派な大人になって洗礼を受けたのだから、キリスト教に対して理論的に説明することができるだろう。キリスト教の本質とは何だ」

と、ニヤニヤしながら私に問いかけたのだ。私はそれに対して、論理的な説明はすることができなかった。それで、

「洗礼を受けるということは、人によって様々な動機がある。その動機を人に説明しろと言われても、簡単に言えない。それが信仰というものの微妙な点である。遠藤、お前だって母親にすがり付きたい気持ちから教会に行くようになったんだし、母親との心の距離を縮めるために洗礼を受けるようにもなったんだろう」

すると遠藤は困ったような顔になった。

「ヨーロッパのように家族全員がカトリック教徒である場合は、家族の一員となるためにも洗礼を受けることになる。オレの場合は母親の存在だ」

事実、人が洗礼を受ける条件は様々である。一人一人別々である。私の場合、遠藤の影響もあり、遠藤が紹介してくれた聖職者の影響もあったと思うが、誘われるようにして洗礼を受けてしまった。私はこのことを今や後悔などしていない。人が神を見るのは様々な条件がある。涙と共に神を思う人もいるだろうが、いわば流されるようにして洗礼を受けてしまう者もいる。私も後者の、何ということもなく洗礼を受けた一人であるが、こういう文章を書くことからもわかってもらえるだろうが、信仰を持っていることを恥じてもいないし、いわば当然のことのように他人に語ることができる。

繰り返すが、人が信仰を持つ理由は様々である。私は私なりの理由があるし、洗礼を受けていることを隠すつもりもない。これも信仰を持つ者の態度の一種類であろう。

（みうら・しゅもん　作家）

中公文庫

切支丹《きりしたん》の里《さと》
――新装版《しんそうばん》

1974年4月10日　初版発行
2016年10月25日　改版発行
2025年5月30日　改版4刷発行

著　者　遠藤《えんどう》 周作《しゅうさく》

発行者　安部 順一

発行所　中央公論新社
〒100-8152　東京都千代田区大手町1-7-1
電話　販売 03-5299-1730　編集 03-5299-1890
URL https://www.chuko.co.jp/

ＤＴＰ　平面惑星
印　刷　三晃印刷
製　本　フォーネット社

Published by CHUOKORON-SHINSHA, INC.
Printed in Japan　ISBN978-4-12-206307-5 C1195

各書目の下段の数字はISBNコードです。978 - 4 - 12が省略してあります。

中公文庫既刊より

え-10-7
鉄の首枷 小西行長伝
遠藤 周作

苛酷な権力者太閤秀吉の下、世俗的野望と信仰に引き裂かれ、無謀な朝鮮への侵略戦争で密かな和平工作を重ねたキリシタン武将の生涯。〈解説〉末國善己

206284-9

か-70-1
フロイスの見た戦国日本
川崎 桃太

フロイスの『日本史』のダイジェスト版。信長、秀吉を始めとする人物論を中心に、風俗、文化、芸術等をテーマとした記述を抜き出し、簡潔な解説を付けた。

204655-9

か-70-2
続・フロイスの見た戦国日本
川崎 桃太

フロイスの大著『日本史』の欠落部分を発見するまでの苦労に加えて、織豊期日本の事件・風俗等と布教のエピソードを抜き出して、簡潔な解説を加える。

205733-3

き-6-18
どくとるマンボウ医局記 新版
北 杜夫

『どくとるマンボウ航海記』前夜、白い巨塔の片隅で怪気炎を上げるマンボウ氏の新人医師時代。新たに武田泰淳との対談「文学と狂気」を増補。〈解説〉なだいなだ

207086-8

き-6-19
静謐 北杜夫自選短篇集
北 杜夫

三島由紀夫賞賛の表題作ほか初期の純文学作品、SF、随筆など全一〇篇を収録。多才な作家のエッセンスが一望できる自選短篇集。〈巻末エッセイ〉今野 敏

207093-6

き-6-20
人間とマンボウ 新版
北 杜夫

三島、川端からトーマス・マン、斎藤茂吉まで。北文学の原点となる作家や人物との交流をユーモラスに綴る文学エッセイ。〈エッセイ〉三島由紀夫／佐藤愛子

207197-1

わ-26-1
イエス伝
若松 英輔

イエスの生涯は、キリスト教の視点や学問的なアプローチから論じるだけでは見えてこない。気鋭の批評家とともに、『新約聖書』の四福音書を丹念に読み直す。

207313-5